L. A. V. Gottsched | Die Pietisterey im Fischbein-Rocke

Luise Adelgunde Victorie Gottsched
Die Pietisterey im Fischbein-Rocke

Komödie

Herausgegeben von Wolfgang Martens

Reclam

RECLAMS UNIVERSAL-BIBLIOTHEK Nr. 14007
1968, 2020 Philipp Reclam jun. Verlag GmbH,
Siemensstraße 32, 71254 Ditzingen
Gestaltung: Cornelia Feyll, Friedrich Forssman
Bibliographisch aktualisierte Ausgabe 2020
Druck und Bindung: Esser printSolutions GmbH,
Untere Sonnenstraße 5, 84030 Ergolding
Printed in Germany 2025
RECLAM, UNIVERSAL-BIBLIOTHEK und
RECLAMS UNIVERSAL-BIBLIOTHEK sind eingetragene Marken
der Philipp Reclam jun. GmbH & Co. KG, Stuttgart
ISBN 978-3-15-014007-9

www.reclam.de | info@reclam.de

Die Pietisterey im Fischbein-Rocke; Oder die Doctormäßige Frau.

In einem Lust-Spiele vorgestellet.

Horatius:

- - - - - - - - *Ridiculum acri*
Fortius & melius medias plerumque secat res.

Rostock,
Auf Kosten guter Freunde.
1736.

Vorrede des Herausgebers.

Weil es doch eine hergebrachte Gewohnheit ist, daß ein Buch eine Vorrede haben muß; Ich aber dem Geneigten oder Ungeneigten Leser nichts anders zu sagen weiß, als was in folgenden beyden Briefen enthalten ist: So will ich dieselbe ohne fernere Weitläuftigkeit mittheilen.

Der Brief des Herausgebers an den Verfaßer dieses Lust-Spiels.

Hoch-Ehrwürdiger,
Hochgelahrter Herr!

Ich habe die gröste Ursache von der Welt, E. H. für das neulich übersandte Manuscript verbunden zu seyn. Es ist nicht nöthig, daß ich mit vielen Worten bezeuge, wie unvergleichlich es Denenselben gerathen; da dieses ohnedem das gewöhnliche Urtheil ist, welches die Welt von Dero Schrifften zu fällen pflegt. Wenn ich davor nur die ungemeine Freude beschreiben könnte, welche dadurch in einer grossen und aufgeweckten Gesellschafft neulich entstanden, wo ich dasselbe von Anfang bis zum Ende vorzulesen mir die Freyheit genommen. Dieses aber mit Worten zu beschreiben wird mir gantz unmöglich fallen. Und ich will nur so viel sagen, daß auch die allerernsthafftesten Leute mehr als hundert mahl überlaut zu lachen genöthiget worden, und daß ich vor dem unzähligen Händeklatschen der übrigen wohl mehr als hundert mahl im Lesen inne halten müssen. Das ist aber noch nicht alles. Die gescheidesten Köpffe in dieser Gesellschafft traten alsobald zusammen, und beschlossen mit einhelligen Stimmen, daß man der Welt dieses vortreffliche Lust-Spiel nicht mißgönnen müste. Wieder diesen Entschluß hatte die gantze Gesellschafft nichts einzuwenden, als dieses: Wo man denn einen Verleger darzu hernehmen würde. Weil sich so leicht kein Buchdrucker entschliessen würde eine Schrifft zu drucken, die allem Ansehen nach gewissen Leuten sehr mißfallen, und sie zu der empfindlichsten Rache gegen denselben anflammen würde. Doch kaum war dieser Einwurff vorgebracht; so war er auch schon gehoben. Eben diejenigen, so auf den Anschlag gekommen waren, dieses Werck drucken zu lassen, erbothen sich auch die Kosten darzu herzugeben. Ich versetzte hierauf, daß sie die Rechnung ohne den Wirth gemacht hätten, und versicherte, daß E. H. es niemahls zugeben würden, daß diese Schrifft, die sie niemahls zum Drucke bestimmt hätten, ans Licht treten dürffte. Ja ich selbst drohete, mich mit aller Macht darwider zu setzen; weil dasjenige, was mir im Vertrauen überschickt worden, auch nur in meinen Händen bleiben müste: wofern ich nicht bey dem Verfasser den Vorwurff einer Treulosigkeit verdienen wollte. Doch alles vergebens! Man hatte sich einmahl Dero Manuscripts bemächtiger, und es war mir nicht möglich, dasselbe wiederum in meine Hand zu bekommen. Alles was man mir dabey einräumte, war dieses, daß man mir den ersten Abdruck der Bogen zusenden, und mir die Bemühung überlassen würde, für die Ehre meines Freundes dabey zu sorgen; damit nemlich seine Schrifft, so viel als möglich, ohne Fehler ans Licht kähme. Was sollte ich thun? Gewalt gieng vor Recht, und ich muste mir endlich gefallen lassen, was ich nicht hindern kunte. Nunmehro ist Dero Werck würcklich unter der Presse, und ich habe die Ehre, als eine getreue Heb-Amme, dieses so wohl gerathene Kind E.H. ans Tages-Licht zu bringen. Hiermit übersende die ersten Bogen desselben, und bitte über dem ersten Anblick derselben nicht gar zu sehr zu erschrecken, vielweniger einen unverdienten Haß auf mich zu werffen. Ich kan aufs theuerste versichern, daß ich alles gethan habe, was nur in meinen Kräfften gestanden, den Abdruck dieser Schrifft zu verhindern. Ich ergriff auch sogleich die Feder, E.H. Nachricht davon zu geben: Aber ehe der Post-Tag kahm; so hatte ich schon die zwey Bogen zur Ausbesserung der Druckfehler erhalten. So eilfertig sind diese Herren in der Ausführung ihres Vorhabens gewesen. Weil ich also selbst zu geschehenen Dingen das beste zu reden genöthiget bin; so schlage ich mich selbst zu der Parthey, meiner ehemahligen Wiedersacher, und versichere E.H., daß Sie von der Bekanntmachung dieses Meister-Stückes nichts zu besorgen haben. Denn was wollen die Gegner davon sagen? Ist es etwan eine Sünde, lächerliche Leute auszulachen? Warum haben sie in unzehlichen Schrifften sich selbst der klugen Welt zum Gelächter gemacht? Man hat lange genug ernsthafft mit diesen Leuten gestritten: Aber was hats geholffen? Sie sind selber dadurch in dem Wahne bestärcket worden, als ob ihre Neuerungen und Mystische Fantasien was recht wichtiges seyn müssten: Indem sich auch die grössten GOttes-Gelehrten, ja wohl gar gantze Theologische Facultäten die Mühe gegeben, wider sie zu Felde zu ziehen. In diesem Kriege aber ist es gegangen, wie dort bey dem Drachen in der Fabel, dem an statt eines abgehauenen Kopffs allemahl drey andere wieder wuchsen. Daher haben schon längst verständige Männer geurtheilet, man müsse solchen Schwärmern die

Ehre nicht mehr anthun, ernstlich wider sie zu streiten; und würde besser thun, wenn man sie mit Satyrischen Waffen zu erlegen bemühet seyn würde. Dieses haben nun E. H. mit so glücklichem Erfolg ins Werck gerichtet, daß dadurch nothwendig einer unzehlbahren Menge verführter Seelen die Augen geöffnet werden können. Wollte man sagen: Daß gleichwohl die Heil. Schrifft und viele Glaubens-Artickel mit dabey etwas leiden, und zum Gelächter werden würden; so wird doch ein Unpartheyischer leicht sehen, daß nicht die Schrifft selbst, auch nicht die Glaubens-Lehren, sondern nur die einfältigste Art, selbige zu mißbrauchen, gemeinet sey. Wäre dieses nicht; so müsste man auch behaupten, der theure Lutherus hätte sich an den Geheimnissen der Religion vergriffen, weil er den Mißbrauch der Papisten in seinen Schrifften lächerlich und verächtlich zu machen gesucht, ja wohl gar die Mönche und Pfaffen vor Ochsen und Esel gescholten, und die Bullen der Päbste Drecketen geheissen. Wem ist es also zu verargen, wenn er nach Nothdurfft dieser Zeiten in die gesegneten Spuren dieses theuren Rüst-Zeugs GOTTES tritt? Mehr darf ich E. H. vermuthlich nicht vorstellen, meine Kühnheit zu entschuldigen; und verharre also mit aller gewöhnlichen Hochachtung

Deroselben

verbundenster Diener,
Der Herausgeber.

Antwort des Verfaßers an den Herausgeber.

Hoch-Edler Herr,
Hochgelahrter Herr!

Nichts hat mich jemahls in solche Bestürtzung gesetzt, als Dero letztes Schreiben. Sie können leicht dencken, wie mir zu Muthe gewesen seyn müße, da ich vernommen, daß sie eine Schrifft, die bloß zu meiner eigenen Vergnügung, und höchstens zur Lust einiger vertrauten Freunde bey müßigen Stunden aufgesetzet worden, einer grossen Gesellschafft vorgelesen hätten. Ich bereuete es bey dieser Nachricht schon, daß ich dieselbe Eurer Hochedlen so guthertzig zugesendt. Aber was vor Empfindungen von allerley Arten bemeisterten sich nicht meines Gemüths? als ich aus der fortgesetzten Erzehlung vernahm, was vor ein seltsames Schicksal über mich verhängst sey. Um GOttes Willen! was fangen Sie mit mir an? Ist denn dasjenige Vertrauen, so ich zu Dero auffrichtigen Freundschafft gehabt, einer solchen Straffe wehrt gewesen? was wird die Welt von mir gedencken? von mir, dessen Amt und Lebens-Art am allerwenigsten zu einer solchen Schreib-Art Anlaß geben sollte? Wollen Sie mir noch mehr Verdruß und Streitigkeiten über den Hals laden, als ich schon wegen einiger weit unschuldiger Schrifften wieder dieses Fanatische Geschmeisse bekommen habe? haben Sie nicht bedacht, an was vor einem Orte ich lebe? und wie leicht man auf die Muthmassung fallen wird, daß ich der Urheber dieser Schrifft nothwendig seyn müsse? gleichwol, wenn ich die Wahrheit gestehen soll; so bin ich nicht einmahl dafür anzusehen. Ein gewisser ungenannter Frantzose hat mehr Theil daran, als ich. Und ich bin eher vor einen unschuldigen Übersetzer, als für den Urheber dieses Lust-Spiels anzusehen. Ich sehe mich genöthiget Ihnen dieses zu bekennen: weil ich gemercket, daß Sie mir dieselbe einzig und allein zuschreiben, welche Ehre mir doch gar nicht gebühret. Sie wissens, daß vor etlichen Jahren in den Jansenistischen Händeln zu Paris allerhand Comödien gedruckt worden, diese Secte dadurch lächerlich zu machen. Die allererste und beste darunter hieß: La Femme Docteur ou la Theologie Janseniste tombèe en Quenouïlle. So bald ich diese zu lesen bekam, vergnügte ich mich über die sinnreiche Art, welcher sich der Verfasser bedienet hatte, die Frömmlinge und Scheinheiligen seines Orts zum Gelächter zu machen; Und ich wünschte von Hertzen, daß sich auch in unserer Kirche eine scharffsinnige Feder finden und dem Unheile der Scheinheiligkeit auf gleiche Art steuren möchte. Ich habe etliche Jahre vergebens darauf gewartet, und also endlich selbst den Entschluß gefasset, doch nur zu meinem eigenen Vergnügen, einen Versuch zu thun, in wie weit sich die Erfindungen des Frantzösischen Scribenten auf unsern Zustand schicken würden. Ich kan auch nicht läugnen, daß ich viele Personen und gantze Auftritte seines Schau-Spiels gantz und gar ausgelassen, und hingegen manches von den meinem habe hinzu setzen müssen. Doch wird derjenige, der das Original gelesen, nicht ohne Verwunderung wahrnehmen, daß diese Art von Sonderlingen sich in Paris und Deutschland so sehr ähnlich sehen. Bey dem allen aber ist mirs niemahls in den Sinn gekommen, diesen Versuch einer Comischen Schreib-Art, darinnen ich mich sonst niemahls geübt, und dazu ich mich für gantz ungeschickt halte, weder unter meinem Nahmen, noch ohne demselben ans Licht zu stellen. Doch was wird mir dieses alles helffen? nachdem es mit der Sache einmahl so weit gekommen ist, daß es nicht mehr bey mir stehet, den Druck derselben zu hindern. Soll ich auf Eure Hoch-Edlen losziehen, oder mich selbst anklagen, daß ich ihnen diese Schrifft so treuhertzig anvertrauet? beydes wird umsonst seyn. Und ich sehe also wohl, daß ich mein Schicksal werde erwarten müssen. Wenn es Ihnen aber immer möglich ist; so thun sie mir nur dieses zu Lieb, und verhindern es, daß die Comödie nicht gar zu häuffig abgedrucket, und sonderlich kein Exemplar davon hieher geschicket werde. Dieses ists alles, was ich vor jetzo thun kan, um nicht verrathen zu werden. Übrigens werden Sie meinen Nahmen auf das sorgfältigste zu verschweigen, und in der Vorrede die Welt zu überzeugen wissen, daß ich an dem Drucke dieser Schrifft keinen Theil gehabt, auch meinen Beyfall darzu nicht gegeben habe. Noch eins fällt mir ein: Könnte man nicht, wenn die Herren, auf deren Kosten die Schrifft gedruckt wird, mit einigen Exemplaren versorgt sind, alle übrigen auf meine Kosten erhandeln, und mir selbst zusenden, das Geld soll mich nicht reuen, so ich darauf wenden müste. Doch was wird es helffen; Wenn auch nur ein eintziges Exemplar an einen Gewinnsüchtigen Buchhändler kähme: er würde es doch ohne Zweifel wieder auflegen lassen.

Hiermit verharre ich etc.

Spielende Personen

Herr Glaubeleicht.
Frau Glaubeleicht, seine Frau.
Jungfer Dorchen, älteste Tochter des Herrn Glaubeleichts.
Jungfer Luischen, ihre Schwester, und Verlobte des Herrn Liebmanns.
Herr Wackermann, ein Obrister, und Bruder des Herrn Glaubeleichts.
Herr Liebmann, Bräutigam der Jfr. Luischen.
Herr Magister Scheinfromm.
Der junge Herr von Muckersdorff, Scheinfromms Vetter.
Frau Zanckenheimin, } der Frau Glaubeleichtin
Frau Seuffzerin, } ihre Beth-Schwestern.
Frau Ehrlichin, eine gemeine Bürgers-Frau.
Cathrine, der Frau Glaubeleichtin ihre Magd.
Frau Bettelsackin, die Allmosen-Sammlerin der Pietisten.
Jacob, ein Pietistischer Bücher-Krämer.
Der Advocat.

Der Schau-Platz ist in Königsberg, in der Frau Glaubeleichtin Hause.

Die Pietisterey im Fischbein-Rocke.

Oder:

Die Doctormäßige Frau.

Erste Handlung.

Erster Auftritt.

Jungfer Luischen, Cathrine.

JUNGFER LUISCHEN. Cathrine!

CATHRINE. Jungfer Luischen!

JUNGFER LUISCHEN. Was ist das wieder vor ein Pack Bücher, was du da versteckst?

CATHRINE. Ach! frage sie nur nicht; sie wirds schon zeitig genug erfahren.

JUNGFER LUISCHEN. Wie? ists schon wieder eine solche verzweifelte Scarteque, die die Mama mir immer zu lesen giebt?

CATHRINE. Ja, ja! das wäre mir eine rechte Scarteque! Nein, meine liebe Jungfer Luischen! es ist ein schönes grosses Werck in Octav, wenn sie es wissen will: Und dancke sie noch dem Autor, daß er, wie es scheint, des Lügens müde geworden ist; sonst wäre wahrhaftig ein guter Foliante daraus geworden. Lese sie nur den Titul: Fußstapfen der Wunder GOttes im Hällischen Wäysen-Hause. Ist das nicht lustig?

JUNGFER LUISCHEN. Ach Cathrine! ich ärgere mich fast zu Tode.

CATHRINE. Ja, ja! ich glaube es wohl, daß sie lieber einen Roman oder eine Comedie läse; aber ihre Mama versteht das Ding besser: Hübsche Hertzens-Catechismi; ein Heiliger oder ein Vieh; Hoburgs unbekannter Christus; Freylingshausens Grundlegung; das, das gehört zur Erziehung eines Mädgens, welches in der Welt sein Glücke machen soll!

JUNGFER LUISCHEN. Schweige doch nur!

CATHRINE. Ich weiß wohl, daß sie schon seit zwey Jahren an den Herrn Liebmann versprochen ist; und daß die Vollziehung der Heyrath nur auf die Mama ankömmt: Allein, meynt sie, daß die Frau Glaubeleichten sie einem Manne geben werde, ehe sie recht Doctormäßig, und in der Lehre vom wahren innern Christenthume des Hertzens recht befestigt ist? Nicht so, nicht so! Ich wette, daß sie noch nicht einmahl weiß, was Christus in uns, und die Salbung sammt dem Durchbruche sey?

JUNGFER LUISCHEN. Zum Hencker! Wozu soll ichs denn wissen?

CATHRINE. Wie? und sie will heyrathen? Pfuy Jungfer Luischen!

JUNGFER LUISCHEN. Ach! ich bitte dich, stehe doch nur der Mama nicht bey. Ist wohl ein unglücklichers und närrischer erzogenes Mädgen in der Welt, als ich? Meine Mutter, welche selbst nicht mehr weiß, was sie in der Welt für eine Figur machen soll, hat sich die närrischen Grillen der Pietisterey in dem Kopf gesetzt. Was hat sie nicht für einen Character! wie hartnäckigt und eigensinnig ist sie nicht, bey aller ihrer scheinbaren Gelindigkeit!

CATHRINE. Gelindigkeit? Ja! man verlasse sich nur darauf!

JUNGFER LUISCHEN. Zwey Jahre bin ich schon dem Herrn Liebmann verlobt; gleichwohl habe ich kaum die Erlaubniß ihn zu sprechen. Ich sehe niemanden, als allerley Arten von Heuchlern, Canditaten, Magisters, und lächerliche Beth-Schwestern. Zu Hause schwatzt man von lauter Orthodoxen und Ketzermachern; gehe ich aus, so muß ich eben wieder solch Zeug anhören. Du weist, daß ich der Mama zu gefallen Speners Predigten von der Wiedergeburt, und so viel anderes Zeug, gantz auswendig gelernet habe. Ich habe mich bisher gestellt, als wenn ich mit ihr einer Meinung wäre; damit ich sie nur gewinnen möchte: Aber nun bin ichs auch überdrüßig. Ich kanns nicht länger aushalten! Und wo mein Vater nach seiner langen Abwesenheit nicht bald wieder kömmt, und allen diesen Verwirrungen ein Ende macht; so – – –

CATHRINE. O ja doch! Sie ist gewiß von den Leuten, die was rechts unternehmen. Sie hat ja nicht das Hertze der Mama ein Wort zu sagen.

JUNGFER LUISCHEN. Es ist wahr! Aber nun habe ich mir es vorgesetzt: Ich will nicht länger heucheln! Ich will ihr meine Meinung sagen, und wanns noch heute wäre.

CATHRINE. Ich muß gestehen, daß ihr Herr Vater sehr unbillig handelt, daß er uns so lange Zeit dem Eigensinne seiner närrischen Frauen überlässt. Er hat sie verlobet: Sie soll die Hochzeit vollziehen, indessen reiset er seiner Geschäffte wegen nach Engelland. Der liebe GOTT sey mit ihm! Mich dünckt aber er wird bey seiner Wiederkunft sehr erschrecken, wenn er sie noch ledig, und sein Haus in diesem schönen Zustande finden wird. Sein Keller ist zur Buchdruckerey; seine Böden sind zu pietistischen Buchläden; und seine Zimmer zu Winckel-Kirchen geworden. Wie wird er nicht erstaunen, wenn er einen Hauffen begeisterter Böhmisten und Quäcker finden, und seine Frau als eine Päbstin unter ihnen sitzen sehen wird. Die Laquaien selbst zancken sich schon über die dunckeln Schrifft-Stellen; und ich hörte nur noch neulich, daß der Kutscher seine Pferde vor Orthodoxen schalte; weil er kein ärger Schimpf-Wort wuste.

JUNGFER LUISCHEN. Aber du selbst schmeichelst der Mama am allermeisten in dieser Thorheit.

CATHRINE. O! davon habe ich meinen guten Nutzen. Die Mama traut mir. Es wirfft allerley ab; und ich kriege selbst ein Ansehn im Spiele. Glaubt sie wohl, daß Herr Magister Hängekopf mit mir schöne thut? und daß die Schuld nicht an ihm liegt; wenn ich keine handgreiffliche Ketzerey begehe. Aber GOtt sey Danck! Ich bin sehr Orthodox auf meine Ehre!

JUNGFER LUISCHEN. Du bist nicht klug! was meinst du aber von meiner Schwester? mich dünckt sie sucht der Mama meine Heyrath aus dem Sinne zu reden.

CATHRINE. Sollte nicht etwas Neid mit unterlauffen? Vielleicht wohl gar einige Neigung gegen den Herrn Liebmann.

JUNGFER LUISCHEN. Was sagst du? Meine Schwester ist so tugendhafft! Sie ist mit lauter Religions-Zänckereyen beschäfftiget. Es scheint, daß sie die Welt recht ernstlich hasset. Sie kan sich ja kaum entschliessen einen Fischbein-Rock zu tragen.

CATHRINE. Das ist wahr! Aber die strengste Tugend hat ihre schwache Seite.

JUNGFER LUISCHEN. Mich tröstet die Hoffnung, daß mein Vater bald wieder kommen wird.

CATHRINE. Er wird ja freylich bald kommen müssen: Und es heist auch in dem letzten Briefe: Er würde mit ehesten eintreffen.

JUNGFER LUISCHEN. Wenn er aber nicht käme? Könnte nicht auch mein Vetter die Mama bewegen, daß sie meine Heyrath vollzöge? Er hat mir versprochen, noch heute mit ihr davon zu sprechen. Was meinst du?

CATHRINE. Wer? der Herr Vetter Wackermann? Nein, Jungfer Luischen! Herr Wackermann ist ein Officier, ein redlicher, vernünfftiger, verständiger Mann, der mit ihrer Mama – – – nur klug und vernünfftig redet: Aber damit nimmt sie kein Mensch ein! Doch ich muß gehen.

JUNGFER LUISCHEN. Höre doch! Es fällt mir ein, ob wir nicht den Herrn Scheinfromm gewinnen könnten? Er gilt viel bey der Mama.

CATHRINE. Ja! das weiß ich! aber trau sie ihm nicht. Die Mama thut nichts, als was dieser heilige Mann ihr einbläset: Es ist also sehr wahrscheinlich, daß er wohl gar selbst die Ursache ihrer verzögerten Hochzeit ist. Wer weis, was er für einen Nutzen darunter sucht? Er hat einen Vetter.

JUNGFER LUISCHEN. Nun? Er hat einen Vetter?

CATHRINE. Geb sie acht! Er hat sich wohl gar in den Kopf gesetzt, daß sein Vetter ihr Mann werden soll: Und wenn er es erst beschlossen hat; an der Mama wird es nicht fehlen. Denn es ist erschrecklich, der Mensch hat keine Verdienste, er hat keinen Verstand, es ist gar nichts an ihm: Und er hat mit seinen heuchlerischen Mienen und Reden die Frau so eingenommen. Dem sey wie ihm wolle; Ich mercke daß er seit einiger Zeit gegen mich sehr höfflich thut. Vielleicht hat er mir etwas zu entdecken. Ich wills abwarten. Aber stille! Da kömmt ihre Mama mit der Jungfer Schwester.

Zweyter Auftritt.

Frau Glaubeleichtin, Jungfer Dorchen, Jungfer Luischen und Cathrine.

FRAU GLAUBELEICHTIN. Nun Cathrine! du bringst uns keine Antwort?

CATHRINE. Ach es geht viel neues vor!

JUNGFER DORCHEN. Sags doch geschwinde!

CATHRINE. Es steht sehr schlecht mit der Orthodoxie.

FRAU GLAUBELEICHTIN. Das glaube ich wohl; aber wie?

CATHRINE. Man sagt, etliche Hällische Juristen – – –

JUNGFER DORCHEN. Nun die Hällischen Juristen?

CATHRINE. Man sagt, die Hällischen Juristen haben eine neue Schrifft wider sie heraus gegeben.

JUNGFER DORCHEN. Ey! Mama, das ist schön! das ist schön! Nun werden die Wittenberger anders pfeiffen müssen.

CATHRINE. Noch viel ärger! man sagt, die Mediciner werden sich auch drein mengen, und man will die Land-Pachter zu Richtern annehmen.

FRAU GLAUBELEICHTIN. Das hat keine Noht! die Juristen werdens schon machen. Aber wo hast du das gehört?

CATHRINE. Der dicke Geistliche, da – – – der so wider die Schrifft- und Bibel-Theologie predigt – – – je! der so lustig ist – – – Herr – – – Herr Weinfaß hats mir gesagt.

FRAU GLAUBELEICHTIN. Gut, gut! da haben wir in unserer Zusammenkunfft wieder was zu plaudern. Ist dirs nicht lieb Dorchen?

JUNGFER DORCHEN. Ungemein! liebe Mama!

FRAU GLAUBELEICHTIN. Und dir Luischen?

JUNGFER LUISCHEN. Ja! Mama!

FRAU GLAUBELEICHTIN. Was hast du mehr gehört Cathrine?

CATHRINE. Man sagt, die Wächter haben diese Nacht auf der Lestadie[1] einen Geistlichen zu packen bekommen, den man für einen Priester aus dem Löbenicht gehalten hat.

FRAU GLAUBELEICHTIN. Verzweifelt! seht! das sind Leute! der wird was schönes im Wercke gehabt haben.

CATHRINE. Es hat sich aber befunden, daß er aus dem Collegio Fridericiano gewesen.

FRAU GLAUBELEICHTIN. Ach der arme Mensch! Er hat gewiß ein gottseelig Vorhaben gehabt! Hast du nicht den Herrn Scheinfromm gesehen?

CATHRINE. Ja! Er hat sich die Nacht schlecht befunden, weil er gestern Abend die drey ersten Seiten aus Neumeisters Priesterlichen Lippen gelesen hat.

FRAU GLAUBELEICHTIN. Der heilige Mann! Warum liest er auch solch armseeliges Zeug?

CATHRINE. Heute befindet er sich schon besser. Wie ich kam, saß er eben mit zwey andern strengen heiligen Geistlichen bey einem guten Früh-Stücke.

FRAU GLAUBELEICHTIN. Der Mann ist wohl ein rechtes Vorbild der ersten Gläubigen, der Herr Scheinfromm! Er hat mir zuerst die Lehren von Natur und Gnade, und vom innern Wesen der Ichheit beygebracht. Er hat mich gelehrt, wie man allezeit mit Sanftmuth und Gelindigkeit reden, wie man den Frieden lieben, und die Salbung des Geistes schmecken soll, welche in den Schrifften un-

1 Eine übel berüchtigte Vorstadt in Königsberg.

serer Hällischen Männer GOttes befindlich ist. Gewiß! der Mann besitzt den Geist der ersten Kirche in einem hohen Grad! Doch ihr kennt ihn alle. Wo bist du mehr gewesen?

CATHRINE. Ich habe die Frau Plappergern gesprochen, welche einen neuen Krafft- und Kern-Catechismum für ihr Haus verfertigt. Ich bin bey der Frau Zanckenheimin gewesen, welche eben mit einem Magister disputirte. Frau Seuffzerin saß mit einem Geistlichen beym Nacht-Tische. Herr Magister Trincklieb gieng eben ins Weinhaus; und Herr Magister Klapperstorch untersuchet eine Wittenbergische Disputation. Sie lassen sie alle schönstens grüssen, und werden bald in der Zusammenkunfft erscheinen. Ich habe auch den Herrn Obristen Wackermann, ihren Herrn Schwager, angetroffen; er fragte mich: Ob sie diesen Morgen zu sprechen wären? Ich glaube, er wird auch kommen.

FRAU GLAUBELEICHTIN. Ach! er kan immer da bleiben! Was hast du denn da vor ein Buch?

CATHRINE. O das ist ein Buch! daran werden sie sich ergötzen! Herr Magister Ungestüm schickt es ihnen.

FRAU GLAUBELEICHTIN *(lieset.)* Fußstapffen der Wunder GOttes im Hällischen Wäysenhause. Ach meine Kinder! das ist ein herrliches Werck.

JUNGFER DORCHEN. Das wird schön zu lesen seyn.

FRAU GLAUBELEICHTIN. Da habt ihrs, lieben Kinder! Ihr sollet es zuerst lesen, so gern ich es auch selbst lesen möchte.

JUNGFER LUISCHEN. Wenn meine Schwester es gern bald lesen will, so will ich schon warten.

FRAU GLAUBELEICHTIN. Nein! nein! ihr könnts beyde

zusammen lesen, damit ihr die Lust mit einander theilet. Ich habe was anders zu lesen, davon ich nicht gerne eine Zeile überhüpffen wollte. Wenn mein Schwager kömmt, so rufft mich. Cathrine komm! räume meinen Nacht-Tisch auf! *(Gehen ab.)*

Dritter Auftritt.

Jungfer Dorchen, Jungfer Luischen.

JUNGFER DORCHEN. Mich dünckt, Schwester, daß du nach dem Lesen dieses Buchs eben kein grosses Verlangen trägst.

JUNGFER LUISCHEN. Was soll ich denn lesen? Ich sehe, daß alle die Schrifften immer einerley sagen. Ein erschrecklich Klagen über die Orthodoxen; etliche Sprüche aus der Heil. Schrifft, oder aus Doctor Luthern, wohl oder übel angewandt; ein Hauffen Geschrey vom verborgenen inneren Funcken, und allerley Geschwätze, was ich nicht verstehe; das ist alles, was ich darinnen finde.

JUNGFER DORCHEN. Was du nicht verstehst. Du must sehr dumm seyn.

JUNGFER LUISCHEN. Das kan wohl seyn. Mein Trost ist aber, daß ich hierinnen vielen andern Personen gleich bin, die man doch eben nicht für so gar dumm hält.

JUNGFER DORCHEN. Ja! aber sie beschäfftigen sich mit lauter Kleinigkeiten.

JUNGFER LUISCHEN. Es ist wahr, sie bemühen sich nur, ihre Haushaltung zu bestellen; ihre Kinder zu erziehen;

ihre Bediente zu regieren; und auf diese Art theilen sie ihre Zeit in die Häußlichen und Christlichen Pflichten ein: Ich glaube aber, daß man sie deswegen eben so hoch hält, als diejenigen, welche sich bemühen über Dinge zu vernünffteln, die sie nicht verstehen.

JUNGFER DORCHEN. Meine liebe Schwester, das heisst so viel: daß du lieber mit dem Herrn Liebmann redest, und daß du ihn besser verstehest?

JUNGFER LUISCHEN. Es ist wahr! bedencke aber auch, daß ich meines Vaters Erlaubniß dazu habe; welcher mir befahl, den Liebmann als meinen bestimmten Mann anzusehen.

JUNGFER DORCHEN. Schwachheit!

JUNGFER LUISCHEN. Das kan wohl seyn, meine Schwester; aber du kanst sie mir leichtlich vergeben: Die Eigenschafft mit lauter himmlischen Sachen umzugehen, ist nicht allen Leuten gegeben, so, wie dir.

JUNGFER DORCHEN. Das heisst so viel: Ich könnte gar nicht ans Heyrathen gedencken, wenn ich wolte? O! nein! du irrest dich sehr. Ich halte den Ehestand an sich selbst für keine Schwachheit; sondern das kömmt mir nur nicht billig vor, daß man ihn als eine ernsthaffte und wichtige Sache ansieht, und darüber die Erkänntniß des innern Christenthums aus den Augen setzet.

JUNGFER LUISCHEN. Es ist wahr! die irrdischen Gedancken kommen dir gar nicht in den Sinn. Doch hoffe ich nimmermehr, daß du dir auf den Liebmann einige Rechnung machen wirst.

JUNGFER DORCHEN. Warum nicht? du bildest dir ein wenig zu viel auf deines Vaters Einwilligung ein!

JUNGFER LUISCHEN. Wie! Dorchen? willstu mir den

Bräutigam abspänstig machen, den mir mein Vater gegeben hat?

JUNGFER DORCHEN. Das sage ich eben nicht; aber ich verstehe mich wohl. Doch da kommt der Vetter und die Mama. Sie kommen als wie geruffen! Wenn du willst, so wollen wir gehen, und unser Werck zu lesen anfangen.

Vierter Auftritt.

Frau Glaubeleichtin, Herr Wackermann.

HERR WACKERMANN. Nun Jungfer Muhmen! jage ich sie weg?

FRAU GLAUBELEICHTIN. Lassen sie sie nur gehen: Sie wollen etwas mit einander lesen; sie aber, Herr Bruder, werden mir vielleicht wieder eine Predigt zu halten haben?

HERR WACKERMANN. Ja! Frau Schwester! Ich habe ihnen einen sehr vernünfftigen Vorschlag zu thun; nemlich daß sie ihre Tochter Luise verheyrathen sollen. Ich kan den langen Aufschub einer Sache nicht begreiffen, die schon vor zwey Jahren sollte geschehen seyn.

FRAU GLAUBELEICHTIN. Ists nicht wohl schon das hundertste mahl, daß sie mir davon sagen?

HERR WACKERMANN. Freylich!

FRAU GLAUBELEICHTIN. Nun? haben sie etwas damit ausgerichtet?

HERR WACKERMANN. Zum Hencker? was sollte ich ausrichten?

FRAU GLAUBELEICHTIN. Warum geben sie sich denn immer vom neuen die Mühe?

HERR WACKERMANN. Je! warum kan man sie gar nicht überreden?

FRAU GLAUBELEICHTIN. Warum? was haben sie denn für Recht darzu? sind sie mein Vormund? mein Gevollmächtigter? sie sind doch nichts mehr, als mein Schwager?

HERR WACKERMANN. Das ist freylich wenig genung! Wir wollen aber vernünfftig reden, ohne uns zu ärgern.

FRAU GLAUBELEICHTIN. Ich? ich sollte mich ärgern? Ach! die Schwachheit der verderbten Natur habe ich längst abgelegt! dem Herrn Scheinfromm sey Danck dafür.

HERR WACKERMANN. Sehr schön! aber mit aller vorgegebenen Sanfftmuth sind sie im Stande die gantze Welt tolle zu machen. Ich muß bekennen, der Herr Scheinfromm bringt ihnen schöne Sachen bey.

FRAU GLAUBELEICHTIN. Ey, Herr Bruder! seyn sie doch sanfftmüthig und liebreich. Sie hassen den Hrn. Scheinfromm, weil er ein Heiliger ist.

HERR WACKERMANN. Sie irren sich sehr! Ich habe die Tugend jederzeit geehret und geliebet: Aber, wenn ich ihnen die Wahrheit sagen soll, diejenige, so Scheinfromm ausübet, hat mir niemahls gefallen wollen.

FRAU GLAUBELEICHTIN. Warum denn nicht?

HERR WACKERMANN. Ich will nicht sagen, daß Scheinfromm ein dummer Mensch ist, der nichts weiter als einige heilige Geberden an sich hat. Ich sage nur, daß, seit der Zeit die Frau Schwester ihr Vertrauen auf ihn gesetzt haben, ihr gantzes Haus-Wesen im Verfall geräth. Das Gesinde kriegt keinen Lohn; die Töchter werden nicht versorgt; ihr Haus ist der allgemeine Sammelplatz von den närrischsten Schmieralien und Leuten, die nur in der Stadt sind: Und da sie vormahls auf meinen Rath noch etwas gaben, so geben sie sich jetzo kaum die Mühe, mich anzuhören.

FRAU GLAUBELEICHTIN. Ey, Herr Bruder! ein wenig Sanfftmuth und Liebe! Sie kennen die wahre Tugend noch sehr schlecht.

HERR WACKERMANN. Es sey drum. Aber kurtz von der Sache zu reden, der arme Liebmann jammert mich. Lassen sie sich doch erbitten, Frau Schwester! Was haben sie davon, zwey junge Leute zu quälen?

FRAU GLAUBELEICHTIN. Herr Liebmann mag sich quälen, wie er will. Was aber meine Tochter betrifft, so bin ich von ihr eines gantz anderen überführt. Sie kennen sie und ihre Erziehung gewiß sehr schlecht. Das arme Kind denckt viel ans Heyrathen. Behüte GOtt! seit dem sie unsere Schrifften gelesen hat, so beschäfftiget sie sich mit viel ernsthaffteren Sachen.

HERR WACKERMANN. Sie meynen also, die Jungfer Muhme sey mit ihren Zänckereyen so gar beschäfftiget, daß sie darüber das Heyrathen vergisst? Wenn sie das glauben, so kan ich ihnen berichten, daß sie von uns zweyen diejenige Person sind, welche sich irret.

FRAU GLAUBELEICHTIN. Nun gewiß, sie sind recht halßstarrig! Ich will sie herruffen, damit ich den Herrn Bruder nur überzeuge. Komm her, Luischen! man hat dir was zu sagen.

HERR WACKERMANN. Meinetwegen. Allein erlauben sie ihr auch, ihre Gedancken frey zu sagen: Und, wenn sich die Sache so verhält, wie ich dencke, so willigen sie endlich in unsere Bitte.

FRAU GLAUBELEICHTIN. O! wenn sich die Sache so verhält, so werde ich schon selbst wissen, was zu thun ist.

Fünfter Auftritt.

Frau Glaubeleichtin, Herr Wackermann, Jungfer Luischen.

FRAU GLAUBELEICHTIN. Luischen! Glaubst du wohl, daß dich hier der Herr Vetter je eher je lieber an den Herrn Liebmann verheyrathet wissen will? Antworte! ich bin gewiß versichert, daß es dir nicht in den Sinn kömmt.

JUNGFER LUISCHEN. Was würde es mir helffen, wenn ich gleich daran gedächte?

FRAU GLAUBELEICHTIN. So denckst du nicht mehr daran?

JUNGFER LUISCHEN. So wenig, als möglich ist.

FRAU GLAUBELEICHTIN. Nun, Herr Bruder! da sehen sie es.

HERR WACKERMANN. Wie? sehen sie denn nicht, daß sie nur nicht das Hertz hat zu reden?

FRAU GLAUBELEICHTIN. Mein GOTT! wie eigensinnig sind sie! Luischen! ich sage es dir noch einmahl, und befehle es dir, sage uns deine rechte Meynung.

JUNGFER LUISCHEN. Mama! wenn ich sähe, daß es ihnen ein Ernst wäre, mich zu verheyrathen, so wollte ich ihnen gantz gerne meine rechte Meynung sagen: Da ich aber weiß, daß dieß nicht ist; so ists unnöthig, ihnen meine Gedancken zu entdecken.

HERR WACKERMANN. Nun! da hören sie es.

FRAU GLAUBELEICHTIN. So! so! du bist sehr vorsichtig, wie ich sehe. Erkläre dich, und sage uns deine Meynung.

JUNGFER LUISCHEN. Ich darf nicht.

FRAU GLAUBELEICHTIN. Wie? du darffst nicht?

JUNGFER LUISCHEN. Nein, Mama! sie möchten böse werden.

FRAU GLAUBELEICHTIN. Ach! ich verstehe dich nur gar zu wohl, du Raben-Aas! Du willst deine eigene Schande nur nicht bekennen. Der Liebmann ist dir ans Hertze gewachsen. Alle die heiligen Leute, welche bey mir aus und eingehen; alle die Frauen, welche wider die Orthodoxie und für die Gnade so sehr eifern; alle die bedeuten nichts bey dir gegen deinen Liebmann. Das ist der Gegenstand deiner irrdischen Lüste, welche im Hertzen herrschen; das sind die Gedancken, womit du umgehst, an statt, daß du höhern Dingen nachstreben, und die heiligen Bücher, welche man dir in die Hände liefert, geniessen solltest. Hast du wohl schon das geringste in dem Buche gelesen, was ich dir gab?

JUNGFER LUISCHEN. Ja, Mama! aber – – –

FRAU GLAUBELEICHTIN. Nun! was aber?

JUNGFER LUISCHEN. Der blosse Titel des Buchs kömmt mir schon so grob und eifrig vor, daß ich das Werck unmöglich werde lesen können? Und was lerne ich auch daraus?

FRAU GLAUBELEICHTIN. Was du daraus lernst? du dummes Thier!

HERR WACKERMANN. O schön! das nennt man Sanfftmuth und Liebe!

FRAU GLAUBELEICHTIN. Daraus lernst du, was die Wittenberger für gefährliche und der wahren innern Religion schädliche Leute sind.

HERR WACKERMANN. Gut! das nennt man das Christenthum!

FRAU GLAUBELEICHTIN. Welche die Sittenlehre verderben; die Sitten selbst verkehren, den gantzen innern Menschen zernichten, und die Liebe zu GOtt nicht dulden können.

HERR WACKERMANN. Mein GOtt! was Liebe und Sanfftmuth!

JUNGFER LUISCHEN. Aber liebe Mama – – –

FRAU GLAUBELEICHTIN. Nun?

JUNGFER LUISCHEN. Was brauch ichs, die Orthodoxen zu kennen?

FRAU GLAUBELEICHTIN. Wie? du ungelerniges Thier? Christus in uns; die Freyheit der Kinder GOttes; die Gesetze der Liebe; der unumstößliche Grund des gantzen Christenthums; die unbefleckte Lauterkeit des Hertzens; ist dir das alles gleich viel?

HERR WACKERMANN. Potz tausend, Frau Schwester! wo nehmen sie alles das schöne Zeug her? das sind ja Wörter, womit man vier Theologische Responsa ausspicken könnte.

JUNGFER LUISCHEN. Behüte mich GOtt dafür, Mama. Ich verehre alles das, als heilige Sachen; aber ich sehe nicht, was ich mich drein zu mischen habe; und ob überhaupt ein Frauenzimmer – – – –

HERR WACKERMANN. Warhafftig, sie hat recht! und wenn ihr wollt, daß sie das alles wissen soll; so müßt ihr sie nach Wittenberg oder Rostock schicken.

FRAU GLAUBELEICHTIN. A ha! Du siehst nicht? dein Liebmann hindert dich ohne Zweifel daran! Nun, es ist schon gut! weil du so gerne verheyrathet seyn willst; so kan es noch eher geschehen, als du denckest; aber nicht mit deinem Liebmann, das berichte ich dir.

JUNGFER LUISCHEN. Ach, Mama!

FRAU GLAUBELEICHTIN. Bekümmere dich nicht! man hat mir einen jungen Menschen vorgeschlagen, der sich viel besser für dich schickt, als Liebmann. ich werde darauf dencken. Itzt kannst du gehen; aber schicke mir Cathrinen her.

JUNGFER LUISCHEN. O mein GOTT! *(Geht ab.)*

Sechster Auftritt.

Frau Glaubeleichtin, Herr Wackermann, Cathrine.

HERR WACKERMANN. Sie sehen also wohl, daß ich recht habe.

FRAU GLAUBELEICHTIN. Ja, ich sehe, daß sie sich um meine Sachen ein wenig zu sehr bekümmern: Sie könnten mich mit meinen Kindern nur zu frieden lassen, wenns ihnen beliebt.

HERR WACKERMANN. Wie? soll denn der arme Liebmann gar nichts zu hoffen haben?

FRAU GLAUBELEICHTIN. Gantz und gar nichts! Cathrine, vergiß nicht den Herrn Scheinfromm zu mir zu bitten.

HERR WACKERMANN. Ist ers vielleicht, der ihnen den jungen Menschen zum Schwieger-Sohne vorgeschlagen hat?

FRAU GLAUBELEICHTIN. Was geht es ihnen an? Ja, er ists,

wenn sie es wissen wollen; geben sie sich nur zu frieden. Ich weiß schon, was ich zu thun habe. Und damit ich sie nur mit einem mahle stumm mache: So kan die Hochzeit vielleicht noch heute vor sich gehen.

HERR WACKERMANN. Ich seh es freylich wohl, daß sie lieber dem Rathe ihrer frommen Brüder folgen wollen, als dem meinigen. Denn deren Eingebungen sind von GOtt; alles, was sie sagen, sind lauter Orakel; die Wahrheit redet nur durch ihren Mund; Wir andere sind alle dumm und närrisch.

FRAU GLAUBELEICHTIN. Gut, gut! da sind wir auf einer andern Materie. Fahren sie fort, wenn sie belieben; nun will ich ihnen gerne zuhören.

HERR WACKERMANN. In Wahrheit, Frau Schwester! sie haben von ihrer Aufführung schlechte Ehre in der Welt. Sie thäten viel besser, wenn sies wie andere Frauens machten, die sie kennen; welche, ohngeacht sie sehr klug sind, sich dennoch eine Ehre daraus machen, von den Religions-Streitigkeiten nichts zu wissen. Wozu Hencker stecken sie denn immer mit allerley Weibern und Pietisten zusammen, mit welchen sie die Theologischen Facultäten, die Schrifften der Wittenberger und Rostocker, und sonst hundert andere Dinge, davon sie nichts verstehen, verachten oder loben? Was würde doch die Welt sagen, wenn sie sich eben so in die Juristerey mischen wollten, als in die Theologie? Würde man sie nicht auslachen?

FRAU GLAUBELEICHTIN. Sie müssen uns für sehr dumm halten.

HERR WACKERMANN. Für dumm? Nein! Sie wissen alles, was sie wissen sollen: Nehen, stricken, sticken, und viele andere Sachen, die ihrem Geschlechte zukommen. Sie haben auch Verstand; und ich glaube, daß sie mehr haben, als viele andere Frauen, ja, als viele Männer: Aber von der Theologie wissen sie nichts.

FRAU GLAUBELEICHTIN. Und warum nicht? Vielleicht weil ich nicht in Rostock studiret habe? Giebt denn der schwarze Priester-Rock und Mantel diese Gelehrsamkeit? Muß man denn so gar gelehrt seyn, um die Geheimnisse und Grund-Sätze der Religion zu wissen? und die Sätze von dem innern Funcken, von der Versenckung der Seelen in GOtt, von der Unmöglichkeit, daß ein Wiedergebohrner sündigen könne, einzusehen? Ach, Herr Bruder! wer die Bücher von unsern Herren gelesen hat, der versteht von der Theologie viel mehr, als sie dencken. Fragen sie nur Cathrinen.

CATHRINE. Ja, gewiß! Ich habe zwar nicht so viel Verstand, als Frau Glaubeleichtin, daß ich die Theologie so gut fassen könnte; aber so viel getraue ich mir doch zu, daß ich ein Advocat beym Hof-Gerichte seyn könnte.

HERR WACKERMANN. Ha! ich sehe, daß sie alle beyde sehr viel verstehen. Aber woher wissen sie, daß das, was sie behaupten, wahr oder falsch sey? Denn darauf kömmts an.

FRAU GLAUBELEICHTIN. Woher ichs weiß? das ist eine artige Frage! Weiß ichs nicht aus Spenern, Taulern, Francken, und Jacob Böhmen, deren Schrifften mir unsere Herren gegeben haben? Cathrine! antworte ihm doch.

CATHRINE. Ey! schämen sie sich doch, Herr Obrister! Sie dencken gewiß, wir sind wie das Orthodoxe Frauenzimmer, welches nichts anders weiß, als den Catechismum und die Gebethe. Uber diese Kleinigkeiten sind wir längstens weg. Hätte ich nur eines von der Frau Glaubeleichtin ihren Büchern hier, so wollte ich ihnen Stellen aufschlagen, daran sie bis Morgen Abend genug zu lesen hätten.

HERR WACKERMANN. Gut! wenn aber eure Herren die Stellen übel auslegen?

FRAU GLAUBELEICHTIN. Das werden sie mir wohl nimmermehr beweisen.

HERR WACKERMANN. Sie haben Recht. Denn da ich kein so grosser GOttes-Gelehrter bin, als sie; so kan ich sie freylich nicht überzeugen. Aber ich weiß doch, daß eine grosse Menge anderer GOttes-Gelehrten, welche wenigstens eben so geschickt sind, als die ihrigen, dafür halten, daß diese Stellen übel verstanden werden; und mich dünckt, dieß wäre allein genung zu ihrer Überzeugung.

FR. GLAUBELEICHTIN, *(spöttisch lächelnd.)* Das werden mir schöne GOttes-Gelehrten seyn! Ha! ha! ha! ha! Die schwülstigen rasenden Calovianer etwan?

HERR WACKERMANN. Wie Frau Schwester? Alle unsere GOttes-Gelehrten, alle Theologische Facultäten, unsere Lehrer, unsere Prediger sollten, ausser einer geringen Anzahl Heuchler, schwülstige und rasende Calovianer seyn?

FRAU GLAUBELEICHTIN. Ey! ey! das waren wieder schöne Leutchen.

CATHRINE. Warum nehmen sie nicht auch den Doctor Luther noch darzu, mit seinem gantzen Anhange? Ho! ho! ho! ho!

FRAU GLAUBELEICHTIN. Cathrine! was sagst du darzu?

CATHRINE. Gewiß, Madame, ich glaube, daß sie alleine

zwantzig Orthodoxen GOttes-Gelehrten die Wage halten, und ihre übrigen Freundinnen nach Proportion. Was mich betrifft; so müste es gewiß sehr schlecht seyn, wenn ich nicht wenigstens so gut wäre, als ein halb Dutzend solcher Herren. Wenn wir nun so rechnen wollen; so haben wir die meisten GOttes-Gelehrten auf unserer Seite.

HERR WACKERMANN. Wahrhafftig! ihr seyd alle beyde närrisch! Ich bedaure euch!

FRAU GLAUBELEICHTIN. Ach! wir sind närrisch. Ha! ha! ha! Cathrine, wir sind närrisch! was sagst du doch darzu? Er bedauret uns. Ach Herr Bruder! was wir sagen, das übersteiget ein wenig die Fähigkeit eines Soldaten: Wenigstens müssen sie mit uns keinen Streit anfangen. Wie würden sie nicht erschrecken, wenn sie in unsern Versammlungen manche Frau hören sollten, wenn sie ihre Gedancken von der Reinigkeit der allerersten Kirchen Lehrer, und von der Christlichen Sitten-Lehre ihre Gedancken auslässt. Kommen sie doch nur einmahl herein: Und denn sagen sie, ob wir die Theologie verstehen, oder nicht?

HERR WACKERMANN. Potz tausend! das will ich thun. Die Sache ist sehenswerth, denn sie kömmt nicht ofte vor. Ich will gewiß hinein kommen. Ich wollte zwar in die Comödie gehen; allein ich werde nichts dabey verliehren. Die wackern Orthodoxen werden gewiß von euch nicht verschonet werden; und GOtt weiß, wie es dem armen Fechten und Wernsdorffen gehen wird.

FR. GLAUBELEICHTIN, *(fällt in Ohnmacht.)* Ach Cathrine! halt mich! Ach! – – – Ach! – – – ich sterbe! – – –

CATHRINE. Zum Hencker! wen haben sie da genennt! Sie

hätten lieber den Beelzebub und seine Engel ruffen mögen. Da bleibt mir die arme Frau unter den Händen todt.

HERR WACKERMANN. Wie denn? bey Fechtens und Wernsdorffs Nahmen fällt sie in Ohnmacht?

CATHRINE. Allerdings! Sie thut es allezeit. Diß ist schon das drittemahl.

HERR WACKERMANN. Ja! das weiß ich nicht. Bestreichet sie geschwinde mit Ungarischem Wasser: Da habt ihr welches.

CATHRINE. O! das hilfft gar nichts. Dieß ist ihre Artzeney! Schreyen sie brav mit mir: *(Sie schreyt.)* Arnold! Petersen! Lange! Gichtel! Francke! Tauler! Gnade! Wiedergebuhrt! Der innere Funcke! Die geistliche Salbung! Zum Hencker! so schreyen sie doch mit.

HERR WACKERMANN. Ich glaube, ihr seyd rasend.

CATHRINE. Nein, nein, mein Herr Obrister; sie werdens sehen, daß sie wieder zu sich kommt. *(Sie schreyt:)* Die Gnade! der innere Mensch! der heilige Jacob Böhme! Sehn sie! sehn sie! sie erholt sich.

FR. GLAUBELEICHTIN, *(richtet sich auf.)* Ach, Herr Bruder! ich entschuldige ihre Unwissenheit! Aber hüten sie sich ins künfftige.

HERR WACKERMANN. Ich bitte sie um Verzeihung, Frau Schwester. Ich wuste nicht, daß Werns- – – Potz tausend! bald hätte ich mich wieder verredet.

CATHRINE. Nun! Madame, wie ists?

FRAU GLAUBELEICHTIN. Es wird wohl vergehn. Nun, Herr Bruder! ich erwarte sie in einer halben Stunde in unserer Versammlung. Und du Cathrine schicke zum Herrn Magister Scheinfromm und lasse ihn herbitten.

Ich hoffe, er wird mir die Luise zu rechte bringen helffen. *(Geht ab.)*

HERR WACKERMANN. Ich gehe auf die Post! Man hat mir gesagt, daß von meinem Bruder Briefe an mich wären. Wollte GOtt, daß er mir seine Zurückunfft berichtete! Denn dieß ist ein verlohrnes Hauß, wo er nicht bald wiederkömmt. *(Geht ab.)*

Andere Handlung.

Erster Auftritt.

Herr Liebmann, Cathrine.

CATHRINE. Nun! sie wollen gewiß meine Jungfer sprechen? Nicht wahr?

HERR LIEBMANN. Ist das noch eine Frage?

CATHRINE. Vergebliche Mühe! überflüssige Sorgen! Ach! ihr armen Verliebten, wie übel geht man mit euch um!

HERR LIEBMANN. Was wollt ihr denn damit sagen?

CATHRINE. Damit will ich so viel sagen: Daß sich meine Frau ihrer Heyrath je mehr und mehr widersetzt.

HERR LIEBMANN. Hat denn Herr Wackermann nicht mit ihr gesprochen? Er hat mirs ja zugesagt.

CATHRINE. Er ist hier gewesen; Er hat mit der Frau Glaubeleichtin gesprochen; Er hats ihr vorgetragen; aber ---

HERR LIEBMANN. Nun! und hat nichts ausgerichtet?

CATHRINE. Nichts, gar nichts. Ja, ich habe gar erfahren, daß meine Frau auf einen andern Freyer vor ihre Tochter denckt.

HERR LIEBMANN, *(gantz erschrocken.)* O! wenn es so gehen soll, so werde ich auch wissen, was ich thun soll.

CATHRINE. Nun! was wollten sie wohl thun?

HERR LIEBMANN. Ich will meine geliebte Luise aus ihrer Sclaverey befreyen.

CATHRINE. Wie? wollen sie sie entführen?

HERR LIEBMANN. Warum nicht? Mit einem Worte: Es ist meine Frau; und ich bin gewiß, der Obriste Wackermann wird mir nicht zuwider seyn.

CATHRINE. Ja; aber meine Jungfer wird nimmermehr – – –

HERR LIEBMANN. Ich will sie selbst darum bitten; ich hoffe, sie wird sich bewegen lassen.

CATHRINE. Sie hoffen gewiß sehr viel.

HERR LIEBMANN. Ach! ich bitte euch, helfft uns doch! Oder hindert uns nur wenigstens nicht in unserm Vorsatze. Seht! da schencke ich euch den Ring.

CATHRINE. Ach! sie machen mich gantz weichhertzig. Ich sehe wohl, daß man sich ihrer annehmen muß. Aber hüten sie sich, daß Frau Glaubeleichtin sie nicht bey Jungfer Luischen sieht. Gehen sie geschwind hinein: Es kömmt jemand. *(Geht ab.)*

Zweyter Auftritt.

Herr Mag. Scheinfromm, Cathrine.

HERR SCHEINFROMM, *(mit einer andächtigen Mine und Stimme.)* Guten Tag, mein liebes Kind! Wie befindet man sich hier?

CATHRINE. Sehr wohl. Frau Glaubeleichtin verlangt sehr nach ihnen.

HERR SCHEINFROMM. Sie hat mich in meinen Bethstunden gestöret. Wisset ihr nicht, warum sie mich hat hohlen lassen?

CATHRINE. Sie spricht: Der Herr Scheinfromm soll ihr helffen die Jungfer Luischen bekehren.

HERR SCHEINFROMM. Wie? hat sie sich worinnen vergangen?

CATHRINE. Frau Glaubeleichtin denckt es; weil dem armen Kinde endlich die Zeit lang wird, daß man ihre Hochzeit so lange aussetzet.

HERR SCHEINFROMM, *(beyseite.)* Aha! ich mercke es! da habe ich was ich wollte. *(Laut:)* So will sie denn gerne bald verheyrathet seyn?

CATHRINE. Ach! je eher, je lieber. Wenn der Herr Magister die Mama bereden könnte, die Sache zu beschleunigen, so würde man ihnen ungemein verbunden seyn.

HERR SCHEINFROMM, *(beyseite.)* Ha! ha! ich muß eilen. *(Laut:)* Nun ich verspreche euch, daß ichs thun will.

CATHRINE. Wie? in rechtem Ernst? O wie froh bin ich! Denn sie können bey unserer Frau viel ausrichten.

HERR SCHEINFROMM. Das ist wahr. Aber Jungfer Luischen muß auch noch beredet werden; und da müsst ihr helffen.

CATHRINE. Ach nein! Herr Magister! die Jfr. Luischen darf gar nicht sehr gebethen werden, den Hn. Liebmann zu nehmen.

HERR SCHEINFROMM. Was sagt ihr von Liebmann? den begehre ich ihr nicht zuzufreyen.

CATHRINE. O! verzeihen sie mirs doch. Ich weiß auch nicht, was ich immer von dem närrischen Liebmann träume. Von wem redeten sie?

HERR SCHEINFROMM. Wen meynet ihr wohl?

CATHRINE. Ich wette, daß ichs errathe.

HERR SCHEINFROMM. Lasst sehen!

CATHRINE. Sie wollen meiner Jungfer gewiß ihren Herrn Vetter zufreyen?

HERR SCHEINFROMM. Das wars! Freylich, meinen jungen Vetter, den Herrn von Muckersdorff, will ich ihr zufreyen. Ich habe ihm ein klein Gütchen geschenckt. Aber wie habt ihr das so errathen?

CATHRINE. O! das kan ja wohl ein Kind errathen. Denn vors erste, so ist meine Jungfer brav reich; und ich bin zum andern versichert, daß sich die beyden Leute ungemein wohl zusammen schicken.

HERR SCHEINFROMM. Ihr habt ja meinen Vetter noch nicht gesehen.

CATHRINE. Den jungen Herrn von Muckersdorff? Nein! aber was thut das? Ich wette, er siehet ihnen ähnlich.

HERR SCHEINFROMM. Etwas.

CATHRINE. Nun, sehen sie es? Mehr braucht er nicht. Und, unter uns gesagt: Liebmann ist ein junger Taugenichts!

HERR SCHEINFROMM. So seyd ihr also meiner Meynung?

CATHRINE. O freylich!

HERR SCHEINFROMM. Nun, so will ich euch was offenbahren: Ich habe selbst die Frau Glaubeleichtin bisher abgehalten, ihre Tochter zu verheyrathen.

CATHRINE. Ey! Ey! wer hätte das dencken sollen?

HERR SCHEINFROMM. Weil ich aber wohl wuste, daß der Obriste Wackermann sehr starck darauf drung; so habe ich mich bemüht, ihn bey der Frau Glaubeleichtin recht schwartz zu machen.

CATHRINE. Sie haben sehr wohl gethan.

HERR SCHEINFROMM. Ich sahe es wohl vorher, daß eure Jungfer des Wartens überdrüßig werden würde; da sie nun einmahl sieht, daß sie ihren Liebmann nicht kriegen kan; so hoffe ich, daß sie noch lieber meinen Vetter wird nehmen, als sich entschliessen wollen, gar ohne Mann zu bleiben.

CATHRINE. Allerdings! ich glaube es auch.

HERR SCHEINFROMM. Die Mutter ist mir gewiß genung. Es wäre aber gut, wenn ihr der Tochter auch zureden möchtet, daß sie sich diese Heyrath gefallen läßt, denn bekömmt die Sache doch ein gutes Ansehen.

CATHRINE. Ach! das will ich schon machen.

HERR SCHEINFROMM. Mein Vetter ist auch so gar arm nicht. Er ist nicht der allerheßlichste; und vor einem Menschen von geringer Herkunfft hat er doch auch gantz hübsche Freunde. Ich habe das alles der Frau Glaubeleichtin erzehlt.

CATHRINE. Das ist ja eine sehr schöne Beschreibung! Der Herr von Muckersdorf; die Frau von Muckersdorffin; ein Hauffen kleine Muckersdörffgens: Das wird ja eine heilige Baum-Schule abgeben, welche recht schön seyn wird.

HERR SCHEINFROMM. Aus Eigennutz thue ich das alles nicht; von diesem Laster bin ich durch die Gnade GOttes schon lange Zeit befreyet. Nein, ich thue es aus blossem Eyfer vor Jungfer Luischens Seeligkeit.

CATHRINE. O! das sieht man wohl.

HERR SCHEINFROMM. Denn, denckt nur selbst nach. Herr Liebmann ist ein junger, liebenswürdiger Mensch; er ist gantz weltlich; er hat eure Jungfer lieb, und sie ihn. Allein diese Liebe bey den beyden Leuten möchte wohl nur bloß ein natürliches Werck seyn; und nicht der Göttlichen Gnade und Barmhertzigkeit.

CATHRINE. Davor schwöre ich freylich nicht.

HERR SCHEINFROMM. Heyrathen sich nun die beyden

Leute; so würden sie sich vielleicht ihre gantze Lebens-Zeit so lieb haben.

CATHRINE. Das ist allerdings zu besorgen.

HERR SCHEINFROMM. Und damit wären zwey arme Seelen auf ewig den Lüsten des verderbten Fleisches unterworffen.

CATHRINE. Ich bitte sie drum. Das ist ja noch ärger, als eine öffentliche Kirchen-Busse!

HERR SCHEINFROMM. Freylich: Heyrathet sie aber meinen Vetter: so kriegt sie einen Mann, der gar nicht angenehm ist, und denn wird sie also nicht anders, als mit Göttlichen Beystande und Mitwürckung einer übernatürlichen Gnade lieben können; so werden sie denn in einer heiligen Vereinigung leben, und keine verderbte Lüste kennen.

CATHRINE. Das gesteh ich! Wie Herr Magister? So bald sich in der Liebe zweyer Eheleute ein wenig natürliche Liebe mischet; so ists Sünde?

HERR SCHEINFROMM. Ja, meine Tochter! Alles was die Natur uns befiehlt zu thun; alle Empfindungen, die von ihr kommen, als was nicht bloß die Göttliche Gnade in uns wircket, das ist Sünde.

CATHRINE. Warum denn das?

HERR SCHEINFROMM. Je darum: Weil die gantze Natur in ihrer Quelle, in ihrem Wesen, und in ihrer inneren Beschaffenheit verderbt ist. Ein Ungläubiger, der seinem Vater unzähliche Wohlthaten thut, der darf nicht dencken, daß er was Gutes thue: Sünde thut er. Eine Mutter die ihre Kinder liebt; eine Frau, die ihrem Manne treu ist, wenn sie es nicht bloß durch die Krafft einer übernatürlichen Gnade thut, so sündigt sie.

CATHRINE. Das ist ja betrübt. So werden wir auf die Art lauter Affen und Meerkatzen heyrathen müssen, die wir nur durch eine übernatürliche Beyhülffe lieben können. Wahrhafftig, ich weiß nicht, ob dieser Glaube die Leute glücklich macht. Aber es schadet nicht; gehn sie nur zur Frau Glaubeleichtin, denn sie erwartet sie.

HERR SCHEINFROMM. Ich gehe; aber vergesse nicht das eure zu thun.

CATHRINE. Sorgen sie nur nicht.

HERR SCHEINFROMM. Seht ihr hier wohl den Ring? Ich habe ihn von einer Frau bekommen, daß ich ihn zum Allmosen anwenden soll.

CATHRINE. Der Ring ist aller Ehren wehrt.

HERR SCHEINFROMM. Nun, wenn ihrs hübsch macht – – – ihr seht ihn wohl – – ich verwahre ihn vor euch. *(Er steckt ihn ein.)*

CATHRINE. Sie verwahren ihn vor mich? Gewiß, ich bin ihnen sehr verbunden.

HERR SCHEINFROMM. Nun ich will hineingehen. Noch einmahl thut euer bestes. *(Geht ab.)*

CATHRINE. Gut, gut. Ich verwahre ihn vor euch – – – ich verwahre ihn vor euch – – – Das ist ein alter Filtzhut! Aber zum Schelme bist du mir noch lange nicht listig genug.

Dritter Auftritt.

Jungfer Luischen, (welche die Thüre eröffnet) Herr Liebmann, Cathrine.

JUNGFER LUISCHEN. Cathrine! ist niemand mehr da? kan ich Herr Liebmannen weglassen?

CATHRINE. Kommen sie! kommen sie nur alle beyde! ich habe ihnen schöne Historien zu erzehlen.

HERR LIEBMANN. Was denn?

JUNGFER LUISCHEN. Was ists?

CATHRINE. Ists nicht wahr, daß sie sich beyde lieb haben?

HERR LIEBMANN. Ich dencke, ihr wisst es wohl.

CATHRINE. Ja, aber geht es nicht gantz natürlich zu?

JUNGFER LUISCHEN. Was heist du Natur? Unsere Liebe ist rein, untadelich, und so, wie sie unter zweyen Leuten seyn soll, die ihrer Eltern Einwilligung haben.

CATHRINE. Glauben sie es nicht.

JUNGFER LUISCHEN. Warum nicht? Was zum Hencker willst du denn haben?

CATHRINE. Ich will sagen, daß sie alle beyde die ärgsten Sünder sind; ja noch wohl was ärgers. Lauter Sünde! Verderbte Natur! Abrenuntio Satanas!

HERR LIEBMANN. Ach Cathrine! ists denn itzo Zeit zu lachen? Seyd ihr närrisch?

CATHRINE. Ein wenig; aber noch nicht so sehr, als Magister Scheinfromm. Der Unterscheid ist, daß ich aus Lustigkeit närrisch thue; Er aber ist ein Narr von der allergottlosesten Art.

JUNGFER LUISCHEN. So sage es doch nur heraus!

CATHRINE. Ich habe es ihnen schon beyderseits gemeldet.

Sie, mein Herr Liebmann, haben einen neuen Neben-Buhler, und sie, Jungfer Luischen, einen neuen Freyer.

HERR LIEBMANN. Einen Neben-Buhler?

JUNGFER LUISCHEN. Einen Freyer?

CATHRINE. Ja!

HERR LIEBMANN. Wer ists denn?

JUNGFER LUISCHEN. Wie heisst er?

CATHRINE. Er heisst: Der junge Herr von Muckersdorff.

HERR LIEBMANN. Muckersdorff?

JUNGFER LUISCHEN. Ists möglich?

CATHRINE. Ja, der junge Herr von Muckersdorff, wehrtgeschätzter Herr Vetter des theuren Mannes GOttes Magister Scheinfromms, allmächtigen Gewissens-Rathes der Frau Glaubeleichtin, und der geheimen Zuflucht in allen ihren geistlichen und leiblichen Nöthen. Der Herr Scheinfromm ists, welcher bisher ihre Hochzeit verzögert hat, in der Absicht, daß sie, wie er sagt, aus Verdruß so lange zu warten, seinen lieben Vetter nehmen möchte.

HERR LIEBMANN. Der verdammte Bösewicht?

JUNGFER LUISCHEN. Ach! du hast mirs wohl gesagt. Wie aber? Ich sollte Muckersdorffen nehmen?

CATHRINE. Warum denn nicht? Der junge Muckersdorff ist nicht reich; aber er könnte es eben so gut seyn, als ein anderer. Er sieht von Person nicht gut aus; aber was kann er davor? Er ist von schlechter Abkunfft; aber so sind auch seine Verwandten nicht vornehmer als er. Er hat nicht viel – – –

JUNGFER LUISCHEN. So schweige doch! Willstu mich denn gar zum Narren machen?

CATHRINE. Hören sie, bedencken sie sich geschwinde, was

sie thun wollen. Scheinfromm trägt eben itzo die Sache der Mama vor.

JUNGFER LUISCHEN. Ach! er wird sie leicht bereden.

HERR LIEBMANN. Mag er sie doch bereden! Wenn sie mir nur folgen wollen, meine Schöne! Wenn sie nur meinen Vorschlag annehmen. Des Papa Einwilligung habe ich, des Vetters seine kriege ich auch. Was fürchten sie denn?

CATHRINE. Wie? sind sie noch nicht eins?

HERR LIEBMANN. Ach nein! sie ist unbeweglich, sie fürchtet, was man sagen wird; was man dencken wird. Grausame Luise! Sind sie einer unvernünfftigen Mutter noch nicht lange genung gehorsam gewesen! Soll denn ihre ungegründete Furcht die Ursache einer ewigen Trennung unter uns seyn?

CATHRINE. Wahrhafftig, Jungfer Luischen! sie muß nicht zaudern. Der Kauff ist zwischen der Mama und Herr Scheinfrommen bald geschlossen; und es könnte leicht geschehen, daß sie in 24. Stunden eine Frau Muckersdorffin wären.

JUNGFER LUISCHEN. Ach! schweige nur davon. *(Sie steht in Gedancken.)*

HERR LIEBMANN. Sie stehn in Gedancken?

JUNGFER LUISCHEN. Gut! ich ergebe mich darein, weils nicht zu ändern ist.

HERR LIEBMANN. Ach! allerliebste Luise! wie froh bin ich! Meine Liebe ---

CATHRINE. Ja! nun ists eben Zeit verliebt zu thun. Bereden sie sich geschwinde.

HERR LIEBMANN. Nun, meine Schöne! nennen sie mir nur die Stunde, da ich vor die Garten-Thüre kommen, und sie abhohlen soll.

JUNGFER LUISCHEN. Was sagen sie Herr Liebmann? Glauben sie nur nicht, daß ich jemahls in ein solches Verfahren willigen werde, ohngeachtet ich von ihrer Hochachtung gegen mich überzeiget bin. Sprechen sie mit meinem Vetter, und ersinnen sie beyderseits ein ander Mittel. Will er mich selbst entführen und bis zur Rückkunfft meines Vaters bey sich behalten; so laß ichs mir gefallen. Aber ohne seine Gegenwart werde ich nichts thun; und vielleicht ist auch das schon zu viel.

CATHRINE, *(zum Liebmann.)* Gehn sie geschwinde! geschwinde! mich dünckt die Frau kömmt. *(Liebmann geht ab.)*

CATHRINE, *(zur Jungfer.)* Und sie, Jungfer Luischen, mache sich nur auf eine Antwort gefasst, wenn man ihr den neuen Liebhaber antragen wird.

JUNGFER LUISCHEN. Ach! vor Scheinfrommen ist mir nicht bange; ich will ihn auslachen. Aber was sage ich der Mama?

CATHRINE. Ich will gehen, daß ich nicht auch in die Brühe komme. Hernach hör ichs wohl, wies wird abgelauffen seyn. *(Sie geht ab.)*

Vierter Auftritt.

Jungfer Luischen, Hr. Scheinfromm, Frau Glaubeleichtin.

FRAU GLAUBELEICHTIN. Ja! ja! das ist richtig. Sie können ihren Vetter bringen, wenns ihnen beliebt. Je eher, je lieber.

HERR SCHEINFROMM. Er kömmt nur eben aus dem Hällischen Pädagogio: Ich fürchte, daß er in seiner Aufführung noch manchen Fehler begehen wird.

FRAU GLAUBELEICHTIN. O! das thut nichts. Er wirds schon lernen.

HERR SCHEINFROMM. GOtt der HErr segne unsere Absichten!

FRAU GLAUBELEICHTIN. Ich zweifle nicht daran. Doch ich will sie einen Augenblick mit meiner Tochter alleine lassen. Sie wissen schon, was sie ihr zu sagen haben; und da sie ihr auf eine gute Art zureden werden, so, so hoffe ich auch, daß sie sie gebührend anhören wird. Ich werde in einer Weile wieder kommen. *(Sie geht ab.)*

Fünfter Auftritt.

Hr. Scheinfromm, Jungfer Luischen.

HERR SCHEINFROMM. Ist mirs erlaubt, Mademoiselle, ihnen meinen aufrichtigen und treuen Glückwunsch abzustatten?

JUNGFER LUISCHEN. Es steht freylich bey ihnen.

HERR SCHEINFROMM. Mich dünckt, daß die Gnade in ihrem Hertzen täglich zunimmt.

JUNGFER LUISCHEN. Wie können sie das mercken?

HERR SCHEINFROMM. Weil ihr gantzes Wesen so sittsam und liebreich ist. O! wie Schade wär es, wenn der Geist der Welt solche glückliche Vorbereitungen vernichten sollte!

JUNGFER LUISCHEN. Mein Herr Magister! dafür werde ich zu sorgen haben, und nicht sie.

HERR SCHEINFROMM. GOtt gebe, daß sie allezeit dem Beyspiele und dem Rathe der Mama folgen mögen!

JUNGFER LUISCHEN. Ich weiß schon, wie weit sich hierinnen meine Schuldigkeit erstrecket.

HERR SCHEINFROMM, *(beyseits.)* Sie ist ziemlich widerspenstig. *(Laut:)* Alles, was ich fürchte, ist, daß sie sich gewissen irrdischen Neigungen nur gar zu sehr überlassen.

JUNGFER LUISCHEN. Ich verstehe sie nicht, Herr Magister. Was wollen sie damit sagen?

HERR SCHEINFROMM. Die Mama ist eine gantz geistliche und mit lauter hohen Geheimnissen erfüllte Person; allein eben diese wünschte sehr, daß sie der fleischlichen Neigung gegen einen gewissen jungen Menschen nicht so viel Gehör geben möchten – – –

JUNGFER LUISCHEN. Ey! warum denn? Sollte diese so genannte fleischliche Neigung sträflich seyn? Ihr Ursprung und Fortgang ist allezeit sehr unschuldig gewesen; und mein Vater hat sie genehm gehalten.

HERR SCHEINFROMM. Ja! aber ists nicht wahr, daß sie den Liebmann gantz natürlich lieben?

JUNGFER LUISCHEN. Alles, was ich weiß, ist, daß mir mein Vater befohlen hat, den Liebmann als meinen künftigen Gatten anzusehn. Ich finde ihn liebenswerth; ich liebe ihn: Was ist denn nun strafbares daran?

HERR SCHEINFROMM. Ach Mademoiselle! seit dem Falle unserer ersten Eltern (mercken sie sich das!) ist unsere Natur so verderbt, daß alles, was sie liebt und thut, Sünde ist.

JUNGFER LUISCHEN. Was muß man denn thun?

HERR SCHEINFROMM. Die Gnade muß durch ihre überwindende Krafft sich zur unumschränckten Beherrscherin unsers Willens machen, und denselben unvermerckt zum Guten lencken. Alsdenn (geben sie wohl acht!) werden wir durch ein himmlisches Band geleitet, daß wir nicht widerstehen können. An statt, daß in Ermangelung dieser Gnade uns die sinnliche Lust nothwendig zum Bösen treibet.

JUNGFER LUISCHEN. Gantz gut! Haben wir diese Gnade aber allezeit?

HERR SCHEINFROMM. Ach! was wollten wir doch? Die liebsten Kinder GOttes besitzen sie nicht immer.

JUNGFER LUISCHEN. So sind sie alsdenn gezwungen, irrdisch gesinnt zu seyn?

HERR SCHEINFROMM. Freylich wohl!

JUNGFER LUISCHEN. Nun, Herr Magister! das ist eben der Zustand, darinnen ich mich befinde.

HERR SCHEINFROMM. Wie so?

JUNGFER LUISCHEN. Ich habe die Gnade noch nicht, meine Neigung zu überwinden: Ich werde noch durch die irrdische Lust fortgerissen.

HERR SCHEINFROMM. Wie wissen sie, daß sie die Gnade nicht haben?

JUNGFER LUISCHEN. Weil sie mich nicht zwingt, darum habe ich sie nicht. Ich erwarte sie.

HERR SCHEINFROMM. Ja! man muß sich aber bestreben ---

JUNGFER LUISCHEN. Wie kan ich mich bestreben ohne Beystand der Gnade? Ich erwarte sie.

HERR SCHEINFROMM. Wie? so wollen sie so geruhig seyn? und immerfort in einer Sache beharren, die der Mama zuwider ist?

JUNGFER LUISCHEN. Ich erwarte die Gnade.

HERR SCHEINFROMM. Sie müssen den lieben GOtt drum bitten.

JUNGFER LUISCHEN. Wie kann ich das thun, wenn mich die Gnade nicht zum Gebeht zwinget?

HERR SCHEINFROMM. Wahrhafftig! sie sündigen sehr, daß sie in einer Leidenschafft beharren, welche nicht ein Werck der Göttlichen Barmhertzigkeit ist.

JUNGFER LUISCHEN. Sagen sie vielmehr, daß ich unglücklich bin. Denn wie kann ich mich versündigen, wenn ich keine Schuld habe? Ich erwarte die Gnade.

HERR SCHEINFROMM. Sie sind ihrer Mama ungehorsam.

JUNGFER LUISCHEN. Was kann ich davor? So bald ich die Genade haben werde, will ich ihr gehorsam seyn: Doch, weil das ihre Lehre ist, Herr Magister, so bringen sie ihr wohl bey, damit sie mit meinem Ungehorsame ein Mitleiden habe.

HERR SCHEINFROMM. Wie? wollen sie denn etwa, daß die Mama sie mit Gewalt zum Gehorsam bringen soll?

JUNGFER LUISCHEN. Ach! sie kann mich freylich wohl zwingen; Aber die Gnade allein ändert unser Hertz. Ich erwarte sie.

HERR SCHEINFROMM. Es ist mir sehr leid! daß sie meinen Rath nicht besser annehmen wollen.

JUNGFER LUISCHEN. Ach! Herr Magister! weil ich die Gnade nicht darzu habe; So helffen sie mir wenigstens meine Mama bewegen, daß sie mich an Liebmannen verspricht.

HERR SCHEINFROMM. Ach! was sagen sie mir da?

JUNGFER LUISCHEN. Ich werde ihnen ewig dafür verbunden seyn.

HERR SCHEINFROMM. Der Himmel bewahre mich, daß ich solchen irrdischen und fleischlichen Absichten Vorschub thun sollte! Meine Gedancken sind schon seit langer Zeit nur auf die Ewigkeit, und auf die Nichtigkeit der gegenwärtigen Dinge gerichtet.

Sechster Auftritt.

Frau Glaubeleichtin, Jungfer Luischen, Herr Scheinfromm.

FRAU GLAUBELEICHTIN. Meine Tochter ist ihnen vor ihren guten Raht sehr verbunden, Herr Magister, und ich zweifle nicht – – –

HERR SCHEINFROMM. Ach! ihr Hertz ist von den sinnlichen Lüsten noch nicht gantz gereinigt; ihr Geist klebet noch an allerley Vorurtheilen. Ich hoffe aber, daß dero Ansehen mehr bey ihr ausrichten wird, als mein guter Rath.

FRAU GLAUBELEICHTIN. Ich hoffe es auch. Bringen sie nur, wie ich ihnen gesagt habe, ihren Herrn Vetter zu mir.

HERR SCHEINFROMM. Gantz gerne. Jetzo muß ich meine Beth-Stunde abwarten; und will mich ihnen also empfehlen. *(Geht ab.)*

FRAU GLAUBELEICHTIN. Leben sie wohl. Ich werde schon alles besorgen.

Siebender Auftritt.

Fr. Glaubeleichtin, Jfr. Luischen. (setzen sich.)

FRAU GLAUBELEICHTIN. Luischen! ich habe dich lieb; und bishero hast du allezeit genungsame Proben davon gehabt. Du hast mich den Augenblick sehr erzürnt; aber ich will es dir alles verzeihen, wenn du deinen Fehler verbessern willst. Ich suche dich glücklich zu machen. Aber mein liebes Luischen! nicht auf die Art, wie die Welt es insgemein auslegt. *(Indem sie so redet, sitzet die Tochter immer in Gedancken.)* Beliebt es dir wohl mir zuzuhören?

JUNGFER LUISCHEN. Ja, Mama.

FRAU GLAUBELEICHTIN. Hast du mich zum Narren?

JUNGFER LUISCHEN. Behüte GOtt! nein.

FRAU GLAUBELEICHTIN. So siehe mich an, und höre zu. Hast du mir nicht vor einer Stunde gesagt, daß du gerne möchtest verheyrathet seyn?

JUNGFER LUISCHEN. Es ist wahr, Mama. *(Bey Seite:)* O mein GOtt!

FRAU GLAUBELEICHTIN. Nun, meine Tochter! ich will hierinnen deiner Neigung folgen.

JUNGFER LUISCHEN. Ich bin der Mama unendlich verbunden.

FRAU GLAUBELEICHTIN. Ich gebe dir einen jungen Menschen, der viel Verdienste hat.

JUNGFER LUISCHEN. Herr Liebmann hat ihrer sehr viel.

FRAU GLAUBELEICHTIN. Wie? der von seinem heiligen Vetter selbst erzogen worden ist? Er hat die süsse Milch der Christlichen Sitten-Lehre und Religion schon als ein

Kind eingesogen; und man sagt, daß er die rechte Krone aller Männer seyn wird? Ist das noch dein Liebmann?

JUNGFER LUISCHEN. In gewissem Verstande kommt ihm das alles zu.

FRAU GLAUBELEICHTIN. Nun, so will ich dirs sagen, daß ers nicht ist. Die Mädgens sind doch rechte Tierchen! Wenn sie einmahl jemanden im Kopfe haben; so dencken sie, es sey kein anderer mehr in der Welt.

JUNGFER LUISCHEN. Aber liebe Mama – – –

FRAU GLAUBELEICHTIN. Schweig! Der junge Mensch, von dem ich rede, ist der junge Herr von Muckersdorff. *(Luischen entsetzt sich:)* Es ist dir gewiß nicht recht? Du Närrin! ist dir der Nahme zuwider? Mit einem Worte, es ist der Vetter des heiligen Mannes GOttes, mit dem du den Augenblick geredet hast.

JUNGFER LUISCHEN. Ach, Mama! verzeihen sie: Ich habe mich schon bedacht.

FRAU GLAUBELEICHTIN. Nun, wie denn?

JUNGFER LUISCHEN. Ich will gar nicht heyrathen.

FRAU GLAUBELEICHTIN. So? die geschwinde Veränderung ist gewiß recht artig, und kan eine Probe deines Gehorsams ablegen. Wenn ich dich nicht verheyrathen will; denn willst du: Und wenn ich will; so willst du nicht. Das gefällt mir.

JUNGFER LUISCHEN. Wir haben unsern Willen nicht allemahl in unserer Gewalt. Ich habe oft gehört, die Mama sagen, daß alles, was wir wollen, von der Gnade herkäme, die uns zum Wollen zwinget; und wir könnten nicht widerstehen. Herr Scheinfromm hat mir eben dasselbe gesagt.

FRAU GLAUBELEICHTIN. So! so! du fängst an zu raisonniren! Nun weil du denn Lust darzu hast; so frage ich dich: Weisst du auch wohl, was eine Mutter vor Gewalt über ihre Tochter hat?

JUNGFER LUISCHEN. Ach, ja!

FRAU GLAUBELEICHTIN. Weisst du auch wohl, daß der Papa mir bey seiner Abreise alle seine Rechte übertragen hat? Damit ich dir also die Mühe erspahren möge, dir den Kopf zu zerbrechen; so sage ich dir, daß ich es haben will, und daß ich dirs befehle – – –

JUNGFER LUISCHEN. Ach Mama! um GOttes willen! was ist das vor ein Befehl?

FRAU GLAUBELEICHTIN. Ja, ich will! daß du noch heute Abend verheyrathet seyn sollst.

JUNGFER LUISCHEN. Noch heute?

FRAU GLAUBELEICHTIN. Ja! noch heute.

JUNGFER LUISCHEN. O Himmel! *(Sie wirfft sich vor der Mutter auf die Knie:)* Allerliebste Mama! lassen sie sich durch meine Thränen bewegen!

FRAU GLAUBELEICHTIN. Schweig! und stehe auf! Was ich thue, das thue ich zu deinem Besten.

JUNGFER LUISCHEN. Ich werde aber den Tod davon haben.

FRAU GLAUBELEICHTIN. Ach! was wirst du doch den Tod davon haben? Dein Fleisch wird gecreutzigt; deine natürliche Lust erstickt, und der alte Adam begraben werden; und alsdenn wird die Liebe den Sieg erhalten.

JUNGFER LUISCHEN. Was wird aber mein Vater sagen, daß ich einen andern Mann nehme, dem er mich nicht versprochen hat.

FRAU GLAUBELEICHTIN. Dein Vater war in der Lehre der rechten Creutzigung des Fleisches gar schlecht unterrichtet: Er gab, da er dich dem Liebmann versprach, eurer beyderseitigen Neigung gar zu viel Gehör, und meinte, daß diese zum Ehestande nöthig wäre. Aber Herr Magister Scheinfromm erkläret das Ding gantz anders.

JUNGFER LUISCHEN. Unsere Liebe ist von beyden Seiten allezeit untadelich gewesen; und ihr Endzweck war allezeit erlaubt und Christlich. Mein Vater hat sie gestifftet, und – – –

FRAU GLAUBELEICHTIN. Man sehe doch die erschreckliche Unwissenheit! bey allem Unterichte, den sie empfängt! Weisst du denn nicht, daß alles, was Sünde ist, nicht unsträfflich seyn kan: Und alles, was aus der Natur kömmt, das ist Sünde? Begreiffst du das nicht?

JUNGFER LUISCHEN. Nein, Mama!

FRAU GLAUBELEICHTIN. Nicht? gut! du wirst Zeit genung kriegen, es zu untersuchen. Ich will gehen, und dem Herrn Scheinfromm noch einmahl schreiben, daß er ja nicht ermangeln soll seinen Vetter mitzubringen. Siehe zu, daß du ihn wohl empfängst. *(Sie gehet ab.)*

Achter Auftritt.

Jungfer Luischen, Cathrine.

CATHRINE. Nun! Wie hat sie sich gehalten?

JUNGFER LUISCHEN. Ich habe gebethen; ich habe geweint.

CATHRINE. Und das wars alles?

JUNGFER LUISCHEN. Ach! ja freylich!

CATHRINE. So wird sie sich mit bitten und weinen zu einer Frauen von Muckersdorf machen lassen?

JUNGFER LUISCHEN. Freylich wirds nicht anders werden.

CATHRINE. Wie? sie nahm sich ja vor Wunder-Dinge zu thun?

JUNGFER LUISCHEN. Ich darf der Mama nicht widersprechen.

CATHRINE. Mein GOtt! sollte man denken, daß eine solche vernünfftige Frau eine Pietistin seyn könnte? Sie kann doch noch etwas versuchen, Jungfer Luischen.

JUNGFER LUISCHEN. Gewiß, mein Vetter ----

CATHRINE. Ja!

JUNGFER LUISCHEN. Nun! ich will erwarten, was er mit Liebmannen wird beschlossen haben. Wofern mein Vetter mich zu sich nehmen will; So mags drum seyn: Denn ich sehe sonst kein andres Mittel, wie ich dem Unglücke entgehe.

CATHRINE. So bleibe sie denn in ihrem Zimmer, und erwarte sie den Herrn Vetter und den jungen Herrn von Muckersdorff. Ich will meine Sachen zur Zusammenkunfft zu rechte machen.

Dritte Handlung.

Erster Auftritt.

Frau Bettelsackin. Cathrine.

CATHRINE. Nun habe ich meine Arbeit verrichtet; Und mögen die Beth-Schwestern kommen, wenn sie wollen. Ha! ha! Da ist unsere Bettlerin. Guten Tag! Frau Bettelsackin! Mich dünckt, seit einiger Zeit stattet sie ihre Visiten bey meiner Frauen viel häuffiger ab, als vor dem.

FRAU BETTELSACKIN. Ach! das macht, die Nothdurfft nimmt zu; und man muß doch – – –

CATHRINE. Wie? die Nothdurfft der kleinen Gemeine?

FRAU BETTELSACKIN. Wir leben unter der Verfolgung; und ihr wisst ja wohl, daß in Kriegs-Zeiten viel Geld nöthig ist.

CATHRINE. Ja! das weiß ich: Insonderheit wenn die Völcker sehr heißhungrig seyn. Das ist aber gut vor sie, Frau Bettelsackin. Denn, wenn die Nothdürftigkeit der Gemeine zunimmt; so nimmt die ihrige ab.

FRAU BETTELSACKIN. Was meynt ihr damit?

CATHRINE. Nicht viel; Sie versteht mich wohl! Ein jeder muß doch von seinem Handwercke leben, es sey so klein, als es immer wolle. Die Einnehmer bezahlen sich von der Einnahme.

FRAU BETTELSACKIN. Ach! das gieng vor diesem wohl an, als unsere Herren noch nicht so eigennützig waren; Aber jetzo haben sie so viel Muhmen und Vettern – – – –

Mit einem Worte: Die Geistlichen verzehren uns. Doch, ich habe keine Zeit zu plaudern. Meldet mich nur drinnen.

CATHRINE. Ich gehe.

Zweyter Auftritt.

Frau Bettelsackin alleine.

[FRAU BETTELSACKIN.] Unterdessen will ich mein Register übersehen: Mich dünckt, die Barmhertzigkeit fängt an zu erkalten. Es ist wahr, ich bin in einem schlimmen Qvartier. Ach! wäre ich nur auf dem Tragheim, oder auf dem Roß-Garten, so sollte meine Liste wohl stärcker seyn. *(Sie liest:)*

Verzeichniß
Dessen,
Was von allerley Gottseeligen Hertzen,
zum Unterhalte der Kirche GOttes und der
Glieder Christi, ist gegeben worden.
Das andre Quartier von Anno 1736.

Frau Gebegernin, 50 Gulden. Was das für eine Leutseligkeit von einer Altflickerin ist! Die arme Frau gewinnt den gantzen Tag kaum einen halben Gulden, und giebt so viel; sie hat aber auch einen geschickten Magister, der sie unterrichtet.

Frau Spaargernin, 200 Gulden. Ach! Frau Spaargernin, das ist wahrhafftig nicht genung! Das ist ein Weib, als ein Rind-Vieh, und redet in den Tag hinein, wie ein Endchen Licht. Sie hat sich nur zur Pietisterey begeben, weil sie geehrt seyn wollte. Und die sollte nicht mehr geben? O! ich werde wieder kommen, Frau Spaargernin!

Jungfer Langfingerin, 100 Gulden. Von der sag ich nichts; die kann nicht mehr geben: denn sie muß es ihrem Vater wegstehlen.

Herr Magister Judas, 600 Gulden. Ja! Freylich! Er hat sein Amt mit der Bedingung gekrigt.

Herr Simon, 2000 Gulden. Ach! der kans wohl geben; hat er doch die Adjunctur davor bekommen, davor er sonst 3000 Gulden hätte geben müssen.

Frau Hadersdorffin, 100 Gulden. Das ist nicht zu viel, meine gute Frau Hadersdorffin! Euer Proceß taugte gar nichts; und ihr hättet ihn nimmermehr gewonnen, wenn unsere Schwestern nicht für euch gebethen hätten.

Herr Magister Saalbader, 150 Gulden. Ja! das ist wohl gut; aber ich habe ihm auch versprechen müssen, so viel Leute in seine Predigt zu schicken, daß kein Apfel zur Erden fallen könte; und er predigt so elend, daß mir angst und bange ist, wie ichs machen will.

Frau Kalbskopfin, 60 Gulden. Nun, die ist ein guter dummer Teufel! Sie schickt sich gut zur Pietistin; und glaubts auch, daß das Geld vor die Armen geht. Doch da kömmt Frau Glaubeleichtin, ich muß meine Rechnung verstecken.

Dritter Auftritt.

Fr. Glaubeleichtin, Fr. Bettelsackin.

FRAU GLAUBELEICHTIN. Seyd ihr schon wieder da, Bettelsackin? Ihr seyd ja unersättlich.

FRAU BETTELSACKIN. In Wahrheit! die Zeiten sind sehr schlecht. Wenn solche begüterte und gottselige Frauen, als sie sind, nicht noch was thun wollen, so geht die gute Sache gar verlohren.

FRAU GLAUBELEICHTIN. Es ist aber nur ein Monat, da gab ich euch 60 Gulden, und 6 Wochen vorher gab ich euch 200 Gulden. Kurtz, ich habe in einem Jahre über 1000 Gulden gegeben: Da ich meinem Gesinde selbst noch das Lohn von 3 Jahren her schuldig bin. Ihr werdet mich noch bis aufs Hemde ausziehen.

FRAU BETTELSACKIN. Ach! der liebe GOtt wirds ihnen nicht mangeln lassen. Er wird ihre Barmhertzigkeit belohnen. Sie können nicht glauben, wie sie seiner Kirchen aufhelffen, und wie viel Ehre sie davor bey unsern Herren haben.

FRAU GLAUBELEICHTIN. Was ist denn das für eine Noth, davon ihr sagt?

FRAU BETTELSACKIN. Ausser dem, daß wir immer Allmosen, und einige Leute, die wir auf unserer Seite haben wollen, immer besolden müssen; so haben wir schon seit einiger Zeit zum Drucke gewisser Bücher von unsern Herren zuschiessen müssen. Was nun dabey das ärgste ist: So werden uns die Sachen an vielen Orten entweder confisciret, oder es will sie doch kein Hencker lesen.

FRAU GLAUBELEICHTIN. Ja! aber die übrigen bringen so viel mehr ein.

FRAU BETTELSACKIN. Ach! was wollten sie doch? Die meisten Exemplare müssen wir wegschencken; und wenn wir das nicht thäten, wer würde sie haben mögen? Die Orthodoxen wissen den Vortheil nicht, deßwegen bleiben so viele von ihren Sachen in den Läden liegen.

FRAU GLAUBELEICHTIN. Nun weiter!

FRAU BETTELSACKIN. Es sind insonderheit drey Dinge, welche uns gantz zu Grunde richten.

FRAU GLAUBELEICHTIN. Welche denn?

FRAU BETTELSACKIN. Vors erste die Hällischen Studenten. Denn, wenn wir ihnen nicht mit Gelde unter die Arme greiffen, so würden sie bald zu den Orthodoxen übergehen.

FRAU GLAUBELEICHTIN. Das ist wahr. Das andere?

FRAU BETTELSACKIN. Das sind die Prediger, so man in Schlesien und anderwerts des Pietismi wegen abgesetzet hat. Wie sollten die armen Leute leben, wenn man ihnen nicht Vorschub thäte.

FRAU GLAUBELEICHTIN. Das ist wohl gut: Aber, weil doch die meisten nicht von Königsberg sind, so möchte ein jeder in sein Land gehen.

FRAU BETTELSACKIN. Ach! was sagen sie? Sie leisten uns dem ohngeachtet sehr grosse Dienste. Sie schreyen, sie klagen, sie gehen aus einem Hause ins andere, und schimpfen auf die Orthodoxen. Das wirckt viel Gutes.

FRAU GLAUBELEICHTIN. Nun! das dritte?

FRAU BETTELSACKIN. Das ist die Artzeney aus dem Wäysenhause.

FRAU GLAUBELEICHTIN. Nun! was wollt ihr sagen?

FRAU BETTELSACKIN. Davon werden so viel Leute gesund; und das kostet uns immer Geld – – – *(Beyseite:)* Potz tausend! da habe ich mich vergangen.

FRAU GLAUBELEICHTIN. Nun? werden denn etwan die Leute mit Geld erkaufft, daß sie nur vorgeben, sie wären gesund worden? Sollten unsere Herren so gottloß seyn?

FRAU BETTELSACKIN. Das sage ich nicht.

FRAU GLAUBELEICHTIN. Was wollt ihr denn sagen?

FRAU BETTELSACKIN. Sehn sie nur – – – es ist – – – Man muß doch diese Artzeneyen in den Ruf bringen, und da muß man allerley Leute kriegen – – – Da muß man vor viel arme Krancken die Artzeneyen verschreiben, und sie sind sehr theuer. Übrigens muß man denen, welche gesund geworden sind, so viel Allmosen geben, damit sie es nur allenthalben ausbreiten. Wahrhafftig! eine eintzige Frau hat uns 70 Gulden gekostet; und ihre Kranckheit war doch nicht sonderlich.

FRAU GLAUBELEICHTIN. Das ist alles sehr gut: Aber ich kann nicht mehr so viel geben: Da habt ihr vor dießmahl nur 2 Ducaten. Adjeu meine Tochter! grüsset eure Herren!

FRAU BETTELSACKIN. Ich werde es ausrichten.

Vierter Auftritt.

Frau Glaubeleichtin, Cathrine.

FRAU GLAUBELEICHTIN. Cathrine!

CATHRINE. Was befehlen sie?

FRAU GLAUBELEICHTIN. Ruffe mir Luischen, her! Mich dünckt, Herr Scheinfromm kömmt.

CATHRINE. Ja! da sind sie alle beyde. *(Beyseite:)* Jungfer Luischen hat ihren Herrn Vetter bey sich. Sie müssen sich geschwinde bedencken, was zu thun sey.

Fünfter Auftritt.

Frau Glaubeleichtin, Herr Scheinfromm, der junge Herr von Muckersdorff.

HERR SCHEINFROMM. Madame! Es ist mir eine unaussprechliche Freude, daß mein Vetter das Glück haben soll, in eine so heilige Familie zu kommen, als die ihrige ist; und ich hoffe, daß die guten Exempel, so er darinnen finden wird, ihn in dem guten Anfange zur Tugend, der sich bey ihm befindet, noch mehr bestärcken werden.

HERR VON MUCKERSDORFF. Das ist wahr.

HERR SCHEINFROMM. Es wird seine Schuldigkeit seyn, ihnen davor gebührend zu dancken.

HERR VON MUCKERSDORFF. O! Herr Vetter, laß er mich nur zufrieden!

FRAU GLAUBELEICHTIN. Der Herr Scheinfromm hat mir von ihnen und ihrem Land-Guthe viel gutes gesagt.

HERR VON MUCKERSDORFF. O! er hat geschertzt.

FRAU GLAUBELEICHTIN. Ich glaube es ist ihnen lieb, meine Tochter zu heyrathen.

HERR VON MUCKERSDORFF. O! ja!

FRAU GLAUBELEICHTIN. Es wird ihnen doch nicht zuwider seyn, in meine Familie zu kommen?

HERR VON MUCKERSDORFF. O! nein!

HERR SCHEINFROMM. Verzeihen sie doch die Einfalt seiner Sitten; Er hat sich allezeit unter lauter himmlischen Betrachtungen befunden, und kennet die Welt nicht.

HERR VON MUCKERSDORFF. O! verzeihen sie mir!

FRAU GLAUBELEICHTIN. Es ist wahr, der Herr von Muckersdorff scheint noch sehr neu zu seyn, und das macht mir ein wenig bange. Doch, das wird schon kommen.

HERR VON MUCKERSDORFF. O! ja! Ist mir doch wohl der Bart gewachsen, und ich habe nichts darzu gethan. Aber Dero Güte, durch welche ich die Ehre erlange – – – –

FRAU GLAUBELEICHTIN. Es ist schon genung, mein Herr von Muckersdorff, ich bin von ihrer guten Meynung überzeugt.

HERR SCHEINFROMM. Wie gütig sind sie doch, Madame!

FRAU GLAUBELEICHTIN. Man muß aber auch nicht so gar scheu seyn, mein Herr von Muckersdorff.

HERR VON MUCKERSDORFF. Zum Hencker, ich weiß nicht, wie ichs machen soll; das muß sich wohl geben, wenn ich grösser werde.

HERR SCHEINFROMM. Ich hoffe er wird schon werden. Denn er hat doch sonst Verstand; und er macht rechte artige Verse.

FRAU GLAUBELEICHTIN. Wie? er macht Verse? Ey! ich möchte gern welche sehen.

HERR VON MUCKERSDORFF. Ich will ihnen welche bringen.

HERR SCHEINFROMM. Vetter! da ist Jungfer Luischen, rede er sie doch an.

Sechster Auftritt.

Herr Scheinfromm, Frau Glaubeleichtin, Herr von Muckersdorff, Jungfer Luischen, Cathrine.

HERR VON MUCKERSDORFF *(zu Cathrinen:)* Mademoiselle! der helle Blitz ihrer strahlenden Augen! *(Cathrine lacht:)* O! ho! lachen sie mich aus?

HERR SCHEINFROMM. Was macht er denn? Vetter! Das ist nicht Jungfer Luischen; dieß ist sie.

HERR VON MUCKERSDORFF. Ah! ha! – – – Mademoiselle, der helle Blitz ihrer strahlenden Augen – – – der helle Blitz – – – der helle Blitz – – – Blitz – – – Blitz – – – ihrer – – – ach! mein Gedächtniß ist nicht einen Finger lang. Und ich werde auch gantz scheu, wenn ich Mädgens sehe.

FRAU GLAUBELEICHTIN. Lassen sie nur seyn; sie werden noch Zeit genung haben zu complimentiren. Es kömmt nur darauf an, daß sie wohl mit einander leben.

HERR VON MUCKERSDORFF. O! das glaube ich gewiß! Denn ich bin nicht Orthodox, und sie ists auch nicht.

FRAU GLAUBELEICHTIN. Ich glaube es auch.

HERR VON MUCKERSDORFF. O! ich lache die Orthodoxen aus! Ich habe im Hällischen Pädagogio studirt, sehn sie; Und wenn ich einen Orthodoxen begegne, so sage ich allezeit *(Er macht den Welschen Hahn nach)* pia, pia, pia! glu, glu, glu, glu!

HERR SCHEINFROMM, *(zieht die Achseln.)* Aber Vetter! ich weiß nicht – – – Madame, sie sehen wohl seine Unschuld. Es ist ein Zeichen seiner Redlichkeit. Ihre Lehren werden das alles in ihm verändern.

FRAU GLAUBELEICHTIN. Ach! das sind kleine Fehler! die thun einer wahren Gottseligkeit keinen Abbruch. Nun, meine Tochter! du sagst nichts?

JUNGFER LUISCHEN. Was soll ich sagen Mama? ich kan mit den Welschen Hünern nicht reden.

CATHRINE. Das ist ewig schade! denn das würde ein schön Gespräche seyn.

HERR VON MUCKERSDORFF. Verstehn sie die Music, Mademoiselle?

JUNGFER LUISCHEN. Gantz und gar nicht.

HERR VON MUCKERSDORFF. Ich auch nicht. Aber ich wollte, daß sie mich hätten singen gehört, wie ich gantz klein war. Die Leute sagten auch damahls, daß ich sehr leichtfertig wäre; aber das ist ein Merckmahl eines guten Zeichens.

FRAU GLAUBELEICHTIN *(zum Scheinfromm:)* Herr Magister, es ist mir lieb, daß ich ihren Vetter gesehen habe. Sie können den Contract nur machen lassen. Sie wissen meine Meinung, was ich meiner Tochter mit geben will. Ich habe ihnen die Vollmacht übergeben, die mir mein Liebster gelassen hat, daß ich in seinem Nahmen alles thun könnte, was ich wollte. Gehen sie also damit zu einem Advocaten, und lassen sie sich eine Schrifft aufsetzen. Sorgen sie davor, daß sie gültig sey; und wenn sie sie denn zu mir bringen; so will ich sie ungelesen unterschreiben.

HERR SCHEINFROMM. Wie? Madame! Wollen sie nicht einmahl die Behutsamkeit gebrauchen, und die Schrifft zuvor lesen?

FRAU GLAUBELEICHTIN. Wie? mit dem Herrn Scheinfromm sollte ich so mißtrauisch umgehen? Nein! gewiß nicht! das bin ich gegen sie nicht fähig; ich verspreche ihnen, daß ichs nicht lesen will.

CATHRINE *(beyseite:)* Und mich dünckt, ich läse es gewiß.

HERR SCHEINFROMM. Ach! wie theuer ist mir dieses gute Vertrauen, Madame! Seyn sie versichert, daß ich es nicht mißbrauchen will; sondern daß ich ihren Willen getreulich ausrichten will. Sie gehen weg, Madame?

FRAU GLAUBELEICHTIN. Ja! ich muß gehen, und meine Zusammenkunfft erwarten.

HERR SCHEINFROMM. Vetter! nehme er Abschied.

HERR VON MUCKERSDORFF, *(macht viel Reverentzen:)* Bis aufs Wiedersehn! Madame! Adjeu! Mademoiselle!

CATHRINE. Zum Hencker! das ist ein Kalbs-Kopf! Gut! da kömmt unsere andere Jungfer. Mich dünckt, sie ist sehr froh; und glaubt, sie habe den Liebmann schon beym Ermel.

Siebender Auftritt.

Jungfer Dorchen, Jungfer Luischen.

JUNGFER DORCHEN. Nun meine liebe Schwester! endlich hast du, was du gewünschet hast. Nunmehro wirst du Hochzeit machen. Ich wünsche dir Glück darzu!

JUNGFER LUISCHEN. Das ist ein Zeichen deiner Redlichkeit.

JUNGFER DORCHEN. Es ist wahr, dein Bräutigam gefällt dir nicht; aber du hast auch das Vergnügen dabey, daß du der Mama gehorsam bist.

JUNGFER LUISCHEN. Ach! wenn dir das so ein grosses Vergnügen zu seyn bedünckt; so will ich dirs sehr gerne überlassen.

JUNGFER DORCHEN. Ich? meine Schwester! Behüte mich GOtt, daß ich dir deinen Bräutigam wegnehmen solte! du hast es mir selbst verbothen.

JUNGFER LUISCHEN. Du bist sehr gewissenhaft.

JUNGFER DORCHEN. Du siehst nun aber doch, daß deine Hoffnung auf den Liebmann nicht so gantz untrüglich gewesen ist: Und wenn er mir anjetzo sein Hertz schencken wollte, so sehe ich nicht, daß es dir zuwider seyn könnte.

JUNGFER LUISCHEN. Wie? schicken sich denn solche Gedancken zu der Gottseligkeit, und zu dem heiligen Leben, das du führen willst?

JUNGFER DORCHEN. Schickt es sich denn vor dich, daß du mir Lectiones giebst, da du doch keinen Unterricht von hohen Dingen bekommen hast? Sey doch nur stille! Ich weiß es besser, als du, was sich vor mich schickt oder nicht.

JUNGFER LUISCHEN. Ich glaube es; aber sey vielmehr selbst stille, in Absicht auf den Liebmann. Doch! da ist er. Er wird mich ohnfehlbar sprechen wollen; aber ich will dir Gelegenheit geben, zuerst mit ihm zu sprechen. Und wenn er dein Liebhaber werden will, so überlasse ich ihn dir.

JUNGFER DORCHEN. Du überlässt ihn mir?

JUNGFER LUISCHEN. Ja! ich überlasse ihn dir.

Achter Auftritt.

Jungfer Dorchen, Herr Liebmann.

HERR LIEBMANN. Was sagte sie? Jungfer Luischen geht fort? und spricht, sie will mich verlassen? O Himmel! soll ichs glauben? Ums Himmels willen erklären sie mir das Geheimniß! Unterwirfft sie sich dem Willen ihrer Mama? Will sie mir in der That abtrünnig werden?

JUNGFER DORCHEN. Sie habens gehört! Was wollen sie mehr?

HERR LIEBMANN. Die Ungetreue! Um so eines Nichtswürdigen halben mich zu verlassen! O Himmel! was werde ich machen?

JUNGFER DORCHEN. Ich wollte sie sehr beklagen; wenn nicht noch ein Mittel wäre, wie sie sich rächen könnten.

HERR LIEBMANN, *(in Gedancken.)* Wenn der, den sie mir vorziehet, nur noch ihrer Liebe werth wäre.

JUNGFER DORCHEN. Das ist wahr, ich könnte so undanckbar nicht seyn.

HERR LIEBMANN. Mit mir so umzugehen?

JUNGFER DORCHEN. Glauben sie mir! rächen sie sich, und wählen sie eine würdigere Person. Das wird die beste Bestrafung seyn.

HERR LIEBMANN. O! die Grausame? Sie begehrt sich nicht einmahl zu entschuldigen. Sie fliehet, sie vermeidet meine Gegenwart.

JUNGFER DORCHEN. Rächen sie sich! Bedencken sie wohl, was ich sage.

HERR LIEBMANN. Nein! Mademoiselle! Sie können eine

so grosse Unerkenntlichkeit nicht entschuldigen. Ich mag nichts hören.

JUNGFER DORCHEN. Sie verstehen mich nicht. Ich will nicht – – –

HERR LIEBMANN. Nein! Mademoiselle! nein! Es kan nicht vertheidiget werden. Wie? hat sie in einem Augenblicke meine Treue und meine Liebe vergessen können?

JUNGFER DORCHEN. Hören sie mich doch nur an: Ich rathe ihnen selbst, daß sie sie vergessen, und an eine bessere Wahl gedencken sollen.

HERR LIEBMANN, *(in Gedancken.)* Mit solcher Gelassenheit mein Unglücke zu beschliessen.

JUNGFER DORCHEN. Was hilffts, daß sie sich viel beklagen? Sie müssen sich zu rächen suchen. Bedencken sie nur, wer sie sind. Ach! sie dürften nicht weit suchen, um ein Hertz zu finden, das des ihrigen viel würdiger ist.

HERR LIEBMANN. Meinetwegen, ich wills thun!

JUNGFER DORCHEN. Wie? Haben sie sich entschlossen?

HERR LIEBMANN. Ja! und ich hoffe, sie werden mit mir einer Meynung seyn.

JUNGFER DORCHEN. Mein Herr! sie hätten schon seit langer Zeit die Hochachtung bemercken sollen, so ich vor ihre Person habe.

HERR LIEBMANN. Ach! wenn sie mir ein wenig geneigt seyn, so können sies nicht mißbilligen, daß ich eine ungetreue verachte.

JUNGFER DORCHEN. Es ist wahr – – – aber der Wohlstand erlaubt es nicht, daß – – –

HERR LIEBMANN. Ey! der Wohlstand selbst erforderts!

JUNGFER DORCHEN. Herr Liebmann! sie sind sehr hitzig! Wissen sie, daß, wenn die Mama mich ihnen verloben will, so sollen sie von meiner Seite keine Hinderniß finden.

HERR LIEBMANN. Wie? ich soll bey der Mama um sie anhalten?

JUNGFER DORCHEN. Ja! Nimmt sie das Wunder?

HERR LIEBMANN. Verzeihen sie! Ich bin so verwirrt: Ich habe mich vielleicht nicht deutlich genung erkläret; Oder sie haben mich nicht verstanden.

JUNGFER DORCHEN. Was ist denn ihre Meinung?

HERR LIEBMANN. Ich meyne, ich will mich von der grausamen Luise entfernen: Ich will aufs Land ziehen, und allda mein Leben beschliessen. Da werde ich doch wenigstens kein sichtbares Opfer ihrer Rache seyn; Und vielleicht vergesse ich sie gar mit der Zeit.

JUNGFER DORCHEN. Wie? wollen sie nicht mehr lieben?

HERR LIEBMANN. Ach! bin ich künftig hin fähig darzu? Nein! ich will nichts mehr lieben. Ich will alles hassen; Das Licht der Sonnen selbst will ich fliehen!

JUNGFER DORCHEN. Ist denn das die schöne Rache, darüber sie so lange in Gedancken stunden?

HERR LIEBMANN. Ja! und ich wills den Augenblick ausrichten.

JUNGFER DORCHEN. Gehn sie, mein Herr, gehn sie! Der Anschlag ist gar zu schön. Aber seyn sie gewiß, daß, wofern meine Schwester sie ja bedauret: Ich sie doch nicht bedauren werde.

Neunter Auftritt.

Herr Liebmann, Herr Wackermann.

HERR WACKERMANN. Wie? so tief in Gedancken, Herr Liebmann? Sie kennen mich ja kaum?

HERR LIEBMANN. Ach! das ist der ärgste Streich, der mich treffen konnte! Meine, gantzer zwey Jahre her, ohne alle Ursache verzögerte, Hochzeit war nichts dargegen. Denn die Treue und Liebe meiner Luise versüsseten mir diesen Gram. Nein! um mich recht zu quälen; So musste mir diese Luise untreu werden, und mich gegen einen nichtswürdigen vertauschen. Adjeu, Herr Obrister! Sie sehen mich zum letzten mahle.

HERR WACKERMANN. Zum Hencker! Wer hat ihnen das Zeug in den Kopf gesetzt? Ich wette, daß es alles nichts ist.

HERR LIEBMANN. Ach! ich habe es von ihr selbst gehört.

HERR WACKERMANN. Von ihr selbst?

HERR LIEBMANN. Ja! Herr Obrister! und ihre Schwester sagts auch.

HERR WACKERMANN. Die Schwester kan ihre Ursachen haben, warum sie ihnen solch Zeug sagt. Aber ich kanns nicht glauben. Ich weiß gar zu gut, was sie denckt.

HERR LIEBMANN. Sie kann sich wohl bedacht haben.

HERR WACKERMANN. Ich habe sie ja nur den Augenblick gesprochen. Sie ist ja mit mir eins geworden, daß ich sie zu mir nehmen soll, und so lange bey mir behalten, bis ihr Vater kömmt. Machen sie sich keine Grillen! Mit einem Worte: Ich stehe vor meine Muhme.

HERR LIEBMANN. Wie? So will sie zu ihnen kommen?

HERR WACKERMANN. Ja! Wofern ich kein Mittel sehe, der närrischen Heyrath zu steuren; so habe ichs mit ihr abgeredt, daß ich sie insgeheim abhohlen will. Und sie hat darein gewilliget. Und mich dünckt, wenn die Sache so weit ist, so dürffen sie mit ihrer Hochzeit nicht zaudern, denn ich habe einen Brief von meinem Bruder bekommen, darinnen schreibt er mir, er werde mit ehestem hier seyn.

HERR LIEBMANN. Ach! ich werde wieder lebendig. Ist es möglich, daß ich mich ohne Ursache gefürchtet habe? Ach! wo meine Luise mir treu ist, so werde ich es mir niemahls verzeihen können, daß ich sie so beleidiget habe.

HERR WACKERMANN. Kommen sie mit mir hin; da können sie sie selbst fragen, und sie um Verzeihung bitten.

Vierte Handlung.

Erster Auftritt.

Frau Glaubeleichtin, Frau Zanckenheimin, Frau Seuffzerin.

FRAU GLAUBELEICHTIN. Ich höre, daß meine Tochter Dorchen etwas kranck ist; aber es sind nur Kopf-Schmertzen. Luischen hat auch etwas zu thun. Wir wollen uns aber deßwegen nicht stöhren lassen, sondern mit unsern Gottseligen Gesprächen den Anfang machen.

FRAU ZANCKENHEIMIN. Es ist mir was eingefallen. Ich meyne, wir könnten uns einen Menschen halten, der unsere Unterredungen in ein Buch trüge. Das würde der Kirche ein nützliches Werck seyn; daraus könnten die dunckelsten Theologischen Streitigkeiten entschieden werden.

FRAU GLAUBELEICHTIN. Das ist ein unvergleichlicher Einfall!

FRAU SEUFFZERIN. Das wäre freylich schön! Die Kirche würde nicht nur viel Nutzen; sondern auch viel Ehre davon haben: Denn wir müsten unsere Nahmen darunter setzen.

FRAU ZANCKENHEIMIN. Freylich. Ich habe den Titul darzu schon fertig. Er soll heissen: Sammlung auserlesener Streitigkeiten über die schwersten Religions Artickel, den Doctoren der heiligen Schrifft, und den Theologischen Facultäten zum Nutzen und Unterricht heraus gegeben, von denen Frauen: Glaubeleichtin, Seufzerin und Zanckenheimin.

FRAU SEUFFZERIN. Das ist allerliebst! Aber unsere Herren müsten das Werck erst durchlesen.

FRAU ZANCKENHEIMIN. Freylich; aber nur die rechten eiffrigen Prediger: Denn die andern sind Dumm-Köpffe; die wissen nichts von hohen Sachen.

FRAU GLAUBELEICHTIN. Das ist gewiß ein schöner Vorschlag: Wir müssen ihn noch heute ins Werck richten. Aber welchen Punct wollen wir zuerst vornehmen? Die Wittenberger haben wir schon längst unter die Banck disputirt. Die Gewalt der Geistlichen und die Kirchen-Ordnungen haben wir auch schon ausgemacht. Mich dünckt, wir sind jetzo bey dem Artickel von der Wiedergeburth.

FRAU SEUFFZERIN. Ja! da sind wir geblieben.

FRAU GLAUBELEICHTIN. Nun, ich muß ihnen auch meine Gedancken sagen. Ich habe gehöret, daß noch kein eintziger Theologus die Wiedergeburth recht erkläret habe: Und geben dieses vor einen sehr schweren Artickel aus. Wir wollen uns also drüber machen, und diesen Herren zeigen, daß wir klüger sind, als sie.

FRAU SEUFFZERIN. O! das ist sehr schöne. Da werden wir die Sache in sein rechtes Licht setzen.

FRAU GLAUBELEICHTIN. Was sagen sie darzu, Madame?

FRAU ZANCKENHEIMIN. Ich lasse es mir gefallen. Das wird uns einen unsterblichen Nahmen machen.

FRAU GLAUBELEICHTIN. Wir müssen also über eine Erklärung eins werden. Wollen sie ihre Meinungen zu erst sagen; oder soll ich anfangen?

FRAU SEUFFZERIN. Fangen sie nur an, Madame.

FRAU ZANCKENHEIMIN. Wir wollen warten.

FRAU GLAUBELEICHTIN. Weil sie es denn begehren; so habe ich die Ehre ihnen zu sagen, daß ich die Wiedergeburth halte, geben sie wohl Achtung! ich halte sie für das süsse Quell-Wasser des Hertzens, welches aus der Sophia urständet, und das himmlische Wesen gebiehret.

FRAU ZANCKENHEIMIN. Wie war das? das Grund-Wasser? – – –

FRAU GLAUBELEICHTIN. Nein! ich sage: das süsse Quell-Wasser des Hertzens! Verstehen sie denn das nicht?

FRAU ZANCKENHEIMIN. Verzeihen sie; was ist das süsse Quell-Wasser des Hertzens.

FRAU GLAUBELEICHTIN. Quell-Wasser? was das ist? Je! das versteht die gantze Welt!

FRAU ZANCKENHEIMIN. Das Wasser-Bad wollen sie sagen?

FRAU GLAUBELEICHTIN. Nein, Madame! Es ist kein Wasser-Bad. Zum Hencker! ich werde doch wissen, was ich rede. Was sagen sie denn davon? Ich möchts doch wohl gerne wissen.

FRAU ZANCKENHEIMIN. Nach meiner Meinung ists: Die Erbohrenwerdung der himmlischen Wesenheit, aus der Selbstheit der Animalischen Seele, in dem Centro des irrdischen Menschen; und windet sich einwärts wie ein Rad.

FRAU GLAUBELEICHTIN. Ach! die Erbohrenwerdung! ah! ha! ha! ha!

FRAU ZANCKENHEIMIN. Ja! freylich! Verstehen sie das nicht? Das ist ja Sonnen-klar!

FRAU GLAUBELEICHTIN. Ich versteh es nicht.

FRAU ZANCKENHEIMIN. Das wundert mich! Da sie doch wissen, was das süsse Qvell-Wasser des Hertzens ist.

FRAU GLAUBELEICHTIN. Alle Menschen verstehen das. Aber die Erbohrenwerdung? Das ist Phantastisch!

FRAU ZANCKENHEIMIN. Das süsse Qvell-Wasser? Thorheit!

FRAU GLAUBELEICHTIN. Thorheit sagen sie?

FRAU ZANCKENHEIMIN. Phantastisch sagen sie?

FRAU SEUFFZERIN. Ey! ey! erzürnen sie sich nicht!

FRAU GLAUBELEICHTIN. Ach! das ist ein grosser Unterscheid! Phantastisch ist Phantastisch; aber Thorheit?

FRAU ZANCKENHEIMIN. Umgekehrt Madame! Thorheit ist Thorheit; aber Phantastisch?

FRAU SEUFFZERIN. Ach liebe Schwestern! was wollen sie denn?

FRAU GLAUBELEICHTIN. Mich so zu schimpfen?

FRAU ZANCKENHEIMIN. Sie haben angefangen.

FRAU GLAUBELEICHTIN. In meinem Hause?

FRAU SEUFFZERIN. Ey! versöhnen sie sich doch!

FRAU ZANCKENHEIMIN. Warum soll ich Phantastisch reden?

FRAU SEUFFZERIN. Sie hat recht. *(Leise zur Frau Glaubeleichtin)* Sie wissen daß es ein wunderlich Weib ist.

FRAU GLAUBELEICHTIN. Thorheit?

FRAU SEUFFZERIN. Sie hat unrecht. *(Leise zur Frau Zanckenheimin)* Man muß von solchen Dingen lieber nicht reden.

FRAU GLAUBELEICHTIN. O! ich weiß schon, was ich thun will.

FRAU SEUFFZERIN. Ach! ich bitte sie drum. Man muß seinen Nächsten etwas zu gute halten. Verzeihen sie ihr die Thorheit; sie wird ihnen die Phantasterey verzeihen.

FRAU ZANCKENHEIMIN. Gut, ich wills thun.

FRAU GLAUBELEICHTIN. Nein, ich kanns nicht vergessen!

FRAU SEUFFZERIN. Ey! thun sie doch nur so, des Wohlstands wegen. Hören sie: Weil sie sich nicht vergleichen können; so will ich ihnen meine Erklärung von der Wiedergeburth sagen: Vielleicht gefällt sie ihnen besser. Und denn ist der Streit aus.

FRAU GLAUBELEICHTIN. Meinetwegen.

FRAU ZANCKENHEIMIN. Ich lasse mirs gefallen.

FRAU SEUFFZERIN. Nun hören sie! Nach meiner Meynung ist die Wiedergeburth, die Urständung des wahren Bildnisses der edlen Perle, die aus dem Magischen Seelenfeuer gebohren, und in den ewigen Sabbath eingeführet wird. Oder, wenn ichs noch deutlicher geben soll: Sie ist eine himmlische Tinctur, wodurch die neue Seele das vegetabilische Leben der vier Elementen wegwirfft, und die Magische Seele als eine Gottheit in seiner Gleichheit nach dem Modell der Weisheit in alle Dinge einbildet. Das ist eine klare Erklärung! damit wird man allen Theologis das Maul stopffen können.

FRAU GLAUBELEICHTIN. Das Maul stopffen?

FRAU SEUFFZERIN. Ja! haben sie was darwider einzuwenden?

FRAU ZANCKENHEIMIN. Etwas.

FRAU SEUFFZERIN. Das möcht ich sehen.

FRAU GLAUBELEICHTIN. Mir gefällts gar nicht.

FRAU ZANCKENHEIMIN. Mir auch nicht.

FRAU SEUFFZERIN. Das macht ihr Quell-Wasser, und ihre Erbohrenwerdung ist ihnen angenehmer; ists nicht wahr? Und ich sage es ihnen ungescheuet unter die Augen: In ihren Erklärungen ist kein menschlicher Verstand. Meine ist die Rechte.

FRAU GLAUBELEICHTIN. Madame! Madame! nehmen sie sich in acht.

FRAU SEUFFZERIN. Thun sies nur selbst.

FRAU ZANCKENHEIMIN. Sie reden sehr nachdrücklich.

FRAU SEUFFZERIN. Ja! das schickt sich auch vor mich; wenn ich mit ihnen rede. Verstehen sie das? Wusten sie wohl das geringste von der Theologie, wie ich anfieng ihnen das Verständniß zu eröffnen? Wer hat ihnen alles gesagt? Bin ichs nicht? Es steht ihnen gewiß nicht an, mich zu hoffmeistern. Sie müssen wissen, daß ich meine Erklärung gegen alle Theologische Facultäten von der Welt behaupten will. Und wenn unsere Leute es nicht annehmen; so werde ich wohl gar Orthodox, und will euch alle tolle machen.

FRAU GLAUBELEICHTIN. Ach! da kömmt der Herr Magister Scheinfromm. Er kömmt als wie gerufen.

Zweyter Auftritt.

Frau Glaubeleichtin, Frau Zanckenheimin, Frau Seuffzerin, Herr Scheinfromm.

HERR SCHEINFROMM. Sie disputiren ja recht hefftig, wie ich höre. Was haben sie vor? Wenn ich fragen darff.

FRAU GLAUBELEICHTIN. Die Frau Seuffzerin erkläret uns vor dumme Weiber.

HERR SCHEINFROMM. Ah!

FRAU ZANCKENHEIMIN. Sie droht, sie will Orthodox werden.

HERR SCHEINFROMM. Ah! ach!

FRAU SEUFFZERIN. Nein, sie haben mich geschimpft, und sind mit meiner Theologie nicht zufrieden.

HERR SCHEINFROMM. Oh! oh!

FRAU GLAUBELEICHTIN. Sie gab uns eine Erklärung, die gefiel uns nicht: Und das verdreusst sie.

HERR SCHEINFROMM. Ha! Ha!

FRAU ZANCKENHEIMIN. Sie will durchaus, daß sie besser seyn soll, als unsere.

HERR SCHEINFROMM. Ah! Ha!

FRAU SEUFFZERIN. Sie müssen uns entscheiden, Herr Magister. Man soll die Wiedergeburth erklären. Die Erklärung aber soll kurtz, nett und gründlich seyn; denn wir wollen einen Glaubens-Artickel daraus machen. Wir haben eine jede unsere Meynung gesagt. Sie sollen nun sagen, wer recht hat.

HERR SCHEINFROMM. Gantz gern. Sagen sie nur, wovon die Rede ist.

FRAU GLAUBELEICHTIN. Ich sage: Die Wiedergeburth ist – – –

FRAU ZANCKENHEIMIN. Eine Erbohrenwerdung – – –

FRAU SEUFFZERIN. Nein! Herr Magister! die himmlische Tinctur – – –

FRAU GLAUBELEICHTIN. Und ich sage: Sie ist das süsse Quell-Wasser – – –

FRAU ZANCKENHEIMIN. Ich sage aber noch einmahl: Es ist die Erbohrenwerdung – – –

FRAU SEUFFZERIN. Ja! was wollts nur nicht! Es ist die himmlische Tinctur, sag ich; und das ists auch.

FRAU GLAUBELEICHTIN. Nein! Es ist das süsse Quell-Wasser, und ich weiche nicht ein Haar.

ALLE DREY ZUSAMMEN:

FR. GLAUBEL. Ein süsses Quell-Wasser – – –
FR. ZANCKENH. Eine Erbohrenwerdung – – –
FR. SEUFFZER. Eine himmlische Tinctur – – –

HERR SCHEINFROMM. Zum Hencker! so reden sie doch nicht alle drey auf einmahl; ich kann ja nichts verstehen. Was sagen sie, Madame? Sagten sie nicht, es wäre eine Tinctur?

FRAU SEUFFZERIN. Nein! die Tinctur war von mir!

FRAU GLAUBELEICHTIN. Das Wasser war von mir!

FRAU ZANCKENHEIMIN. Und die Erbohrenwerdung von mir!

HERR SCHEINFROMM. Noch einmahl bitte ich mirs aus.

FRAU GLAUBELEICHTIN. Ich will ihnen sagen, Herr Magister, die Sache ist Sonnen-klar.

FRAU ZANCKENHEIMIN. Nur ein Wort.

FRAU SEUFFZERIN. Nur ein halbes Wort.

FRAU GLAUBELEICHTIN. Ich muß zuerst reden.

FRAU ZANCKENHEIMIN. Ich habe nur ein Wort zu sagen, Madame!

FRAU SEUFFZERIN. Lassen sie mich nur einen Augenblick reden. Hernach mögen sie sagen, was sie wollen.

HERR SCHEINFROMM. Mein GOtt! vereinigen sie sich doch, wenn es möglich ist!

FRAU GLAUBELEICHTIN. Ists nicht wahr, Herr Magister? Die Wiedergeburth ist das süße Quell-Wasser des Hertzens.

FRAU ZANCKENHEIMIN. Nein! Es ist die Erbohrenwerdung der himmlischen Wesenheit aus der Selbstheit der animalischen Seele, in dem Centro des irrdischen Menschen, und windet sich einwärts wie ein Rad.

FRAU SEUFFZERIN. Nein! Es ist die himmlische Tinctur, wodurch die neue Seele das vegetabilische Leben der vier Elemente wegwirft, und die magische Seele, als die Gottheit, nach dem Modell der Weisheit in alle Dinge einbildet.

FRAU GLAUBELEICHTIN. Das Qvell-Wasser – – –

FRAU ZANCKENHEIMIN. Die Erbohrenwerdung – – –

FRAU SEUFFZERIN. Die himmlische Tinctur – – –

FRAU GLAUBELEICHTIN. Habe ich nicht recht, Herr Magister?

FRAU ZANCKENHEIMIN. Irre ich wohl, Herr Magister?

FRAU SEUFFZERIN. Ists nicht wahr, Herr Magister?

HERR SCHEINFROMM. Wie kan ich sie doch vereinigen, wenn ich nicht weiß, worüber sie sich zancken? Es ist der beste Rath, ich gehe fort. Adjeu!

ALLE ZUSAMMEN:

FR. GLAUBEL. Ach! bleiben sie Herr Magister!
FR. ZANCKENH. Ach! gehen sie doch nur nicht weg!
FR. SEUFFZER. Nur einen Augenblick!

HERR SCHEINFROMM. Gantz gern; Aber mit der Bedingung, daß mir nur immer diejenige antworte, die ich fragen werde.

FRAU GLAUBELEICHTIN. Gut, Herr Magister! fragen sie mich zuerst.

FRAU ZANCKENHEIMIN. Ach! fragen sie mich zuerst, ich bitte sie drum!

FRAU SEUFFZERIN. Ich werde gantz kurtz antworten.

HERR SCHEINFROMM. Zum Hencker! Es hat ja noch kein Ende! Adjeu! ich gehe.

ALLE DREY:

FR. GLAUBEL. Ach! ich lasse sie gewiß nicht weg.
FR. ZANCKENH. Sie müssen bleiben.
FR. SEUFFZER. Wir lassen sie nicht.

HERR SCHEINFROMM. Nun, so reden sie hübsch eine nach der andern.

ALLE DREY: Nun, wir versprechens!

HERR SCHEINFROMM. Madam Glaubeleichtin, was sagen sie?

FRAU GLAUBELEICHTIN. Die Wiedergeburth ist das süsse Qvell-Wasser des Hertzens sag ich, welches aus der Sophia urständet, und das himmlische Weltwesen gebiehret.

HERR SCHEINFROMM, *(nachdencklich.)* Das süs – – se Quell – Was – – ser des – – Her – – tzens – – das ist ziemlich deutlich. Wel – – ches – – aus – – der – – So – – phi – – a – – ur – – stän – – det, – – und – – das – – himm – – li – – sche – – Welt – – wesen ge – – bieh – – ret. Das ist sehr schön und deutlich erklärt. Und sie Madame?

FRAU ZANCKENHEIMIN. Ich sage, es ist die Erbohrenwerdung der himmlischen Wesenheit aus der Selbstheit der animalischen Seele in dem Centro des irrdischen Menschen, und windet sich einwärts wie ein Rad.

HERR SCHEINFROMM. Die – – Er – – boh – – ren – – wer – – dung – – der – – himm – – li – – schen – – We – – sen – – heit – – In Wahrheit! das ist sehr schön gesagt! Und sie Madame?

FRAU SEUFFZERIN. Es ist eine himmlische Tinctur, wodurch die neue Seele das vegetabilische Leben der vier Elementen wegwirfft, und die magische Seele, als die

Gottheit in seiner Gleichheit, nach dem Modell der Weisheit in alle Dinge einbildet.

HERR SCHEINFROMM. Potz tausend! das ist hoch! Eine himmlische Tinctur, wodurch die vegetabilische Seele – – –

FRAU SEUFFZERIN. Nein! die neue Seele – – –

HERR SCHEINFROMM. Schon gut! es ist einerley. Aber die Erklärung gefällt mir sehr.

FRAU GLAUBELEICHTIN. Könnten sie nicht etwa von der Materie eine hübsche Stelle aus Francken finden: Das würde den Streit entscheiden.

HERR SCHEINFROMM. Es ist so gut, als wenn ich sie wüßte; denn ich habe in meiner Bibliothec alle seine Wercke.

FRAU ZANCKENHEIMIN. Mich dünckt, Spener wird auch etwas davon haben.

HERR SCHEINFROMM. Das kan wohl seyn; denn ein guter Freund von mir hat seine Sachen gekaufft.

FRAU SEUFFZERIN. Ich bin gewiß, daß meine Erklärung von Wort zu Wort in Jacob Böhmen steht.

HERR SCHEINFROMM. Ja, ja! ich sahe neulich ein Exemplar, das war vortrefflich schön eingebunden.

FRAU ZANCKENHEIMIN. Nun Herr Magister! Wer hat recht von uns?

HERR SCHEINFROMM. Alle dreye! Glauben sie mir, bleiben sie nur eine jede bey ihrer Erklärung.

FRAU SEUFFZERIN. Das kan aber nicht seyn: Es soll ein Glaubens-Artickel werden.

HERR SCHEINFROMM. Oh! ho! Ein Glaubens Artickel?

FRAU ZANCKENHEIMIN. Ja!

HERR SCHEINFROMM. Ein Glaubens-Artickel! Wie? haben sie denn unsere Herren darum befragt?

FRAU GLAUBELEICHTIN. Nein!

HERR SCHEINFROMM. Wie? und wollen Glaubens-Artickel machen, ohne die Einwilligung unserer Herrn zu haben. Ich bin ihr Diener: Damit habe ich nichts zu thun.

Dritter Auftritt.

Frau Glaubeleichtin, Fr. Seuffzerin, Fr. Zanckenheimin, Herr Magister Scheinfromm, ein Diener.

DER DIENER. Die Frau Ehrlichen hier neben bey ist da. Sie sagt: Sie hätte den Herrn Magister Scheinfromm hier hinein gehen sehen, und hätte was nothwendiges mit ihm zu sprechen.

HERR SCHEINFROMM. Ich komme den Augenblick.

FRAU GLAUBELEICHTIN. Ach, nein! Herr Magister: Worzu wollen sie sich heraus bemühen? Laßt sie nur herein kommen.

DER DIENER. Da kömmt sie schon von selbsten.

Vierter Auftritt.

Frau Glaubeleichtin, Frau Zanckenheimin, Herr Magister Scheinfromm, Frau Seuffzerin, und Frau Ehrlichen.

FRAU EHRLICHEN. Ha! ha! Herr Magister! fing eck em hier? He es en schöner Herr! Eck bedanck my vor den schönen Onderrecht, den he myner Dochter gegewen hefft.

HERR SCHEINFROMM. Was wollt ihr denn von mir haben?

FRAU EHRLICHEN. I! du Schelm! Wat eck von dy hebben wöll? Eck frag dy, wat du von myner Dochter hebben wöllst? du verfloockter Hund!

HERR SCHEINFROMM. Meine liebe Frau, was redet ihr? Habe ich eure Tochter nicht gut und gründlich unterrichtet?

FRAU EHRLICHEN. Gründlich? Ja freylich! mehr, als't my löv es! du Schelm! Eck scheck dy myn Kind, dat du't en der Gottseeligkeit onderrechten sollst; on nich en der Gottlosigkeit! Wat Düwel wöllstu von dem Meeken hebben? Wöllstu Hooren hebben; so seek dy welcke: Op der Lestadie loopen genoog herümmer; aber vertobb my nich myn Kind.

HERR SCHEINFROMM. Was redet ihr doch? Eure Tochter lüget euch solche Dinge vor; Vielleicht verdreußt es sie, daß ich mich ihrer Seeligkeit so eiffrig angenommen habe, und ihr manchesmahl scharff zugeredet.

FRAU EHRLICHEN. Ja! du böst de rechte Keerel tor Seeligkeit; du sullst myne Dochter wohl föhren en den Himmel, wo de Engel met Külen dantzen. *(Zur Frau Glaubeleichtin:)* Wat meent se wohl Frau Nabern! Eck schak em myne Dochter en't Huuß, dat he se sall en der Reelgon enfermeeren; denn eck wöll se op Ostern tom heilgen Avendmaal nehmen. On de verflookte Keerl es dem Meeken allerly gottloß Tüg anmoden. Eck seh! se siht ut! se grient; eck frag er: Endlich kömmt 't herrut, wat Herr Scheinfromm vor een schöner Herr es. Da sall em de Düvel der veer halen! Eck wöll'm vor 't Constorien kriegen; da sall he my en een Loch kruupe, wor em nich Sonn nich Maand beschienen sall.

FRAU GLAUBELEICHTIN. Ach liebe Frau Nachbarin! bedenckt doch, was ihr redet; Herr Scheinfromm ist ein heiliger Mann.

HERR SCHEINFROMM. Mein GOtt! du schickst mir diese Versuchung zu. Ich dancke dir auch dafür!

FRAU SEUFFZERIN. Seht doch! wie gedultig der fromme Mann bey seinem Leiden ist. Ach! ihr seyd eine böse Frau!

FRAU ZANCKENHEIMIN. Packt euch fort; ehe wir euch die Treppe hinunter werffen lassen. Wer weiß, was eure Tochter vor ein Thierchen ist; und mit wem sie sich so gemein gemacht hat. Jetzo will sie es auf diesen heiligen Mann schieben.

FRAU EHRLICHEN. Ja! klook kosen; nuscht dohn! Wat Düvel sy jy denn vor Rackertüg? Eck glow, jy sennt von dat pietistsche Wievervolck, de seck en de Reelgon mengen. Aber jy verstahn so veel darvon, als de Koh vom nygen Door. Hör jy dat? Domme Düvels sy jy! Dat segg eck ju! Eck sy so klook, als jy: Awer eck gloow, de Wiewer, de seck en solche Sachen mengen, de eenen nuscht angahn, onn de se nich verstahn, dar send Kalwes-Köppe! On dar sy jy ook!

HERR SCHEINFROMM. Ach meine Frau! geht doch, und lasst uns zu frieden.

FRAU EHRLICHEN. Wat? Eck war ju nich to freeden laten; stracks kaamt met my vor 't Constorien.

HERR SCHEINFROMM. Was wollt ihr denn von mir haben? GOtt kennt meine Unschuld, und eurer Tochter Bosheit.

FRAU EHRLICHEN. Ja! frylich weet GOtt, dar du en Schelm best! Kaamt met my! eck segg 't ju; oder eck kratz ju de

Oogen ut. *(Sie zieht ihn beym Ermel. Er entflieht:)* Ah, ha! Loop du man! eck war dy wohl enhahlen. *(Sie geht ab.)*

Fünfter Auftritt.

Frau Glaubeleichtin, Frau Seuffzerin, Frau Zanckenheimin.

FRAU GLAUBELEICHTIN. Ach! was der heilige Mann für Verfolgung leiden muß!

FRAU SEUFFZERIN. Ich wollte wohl wetten, daß das Weib und das Mädgen von seinen Feinden sind bestochen worden.

FRAU GLAUBELEICHTIN. Freylich muß es so seyn.

FRAU ZANCKENHEIMIN. Was das aber für grobe Weiber sind, die sich nicht um das innere Christenthum und um den Umgang unserer Herren bekümmern.

FRAU GLAUBELEICHTIN. Ach! GOtt wird seine Unschuld schon an den Tag bringen! Indessen muß ich ihnen doch etwas neues berichten: Ich verheyrathe heute Abend meine jüngste Tochter Luise an den jungen Herrn von Muckersdorff, einen Vetter des Herrn Magister Scheinfromms.

FRAU SEUFFZERIN. Ach! das wird eine heilige Ehe seyn!

FRAU ZANCKENHEIMIN. Das werden ein paar Engel auf Erden seyn!

FRAU GLAUBELEICHTIN. Ja! meine Absichten dabey sind auch gantz geistlich.

FRAU SEUFFZERIN. Das ewige Licht bestrahle dieses Band durch das Centralische Feuer der Selbstheit, welches ist die unergründliche Quelle des Segens.

FRAU ZANCKENHEIMIN. Der Herr, der da war, und das erste All, stärcke die Triebe dieser Verlobten, und führe sie durch sein ewiges Fiat in den Ungrund der himmlischen Imagination oder wesentlichen Liebe hinein.

FRAU GLAUBELEICHTIN. Der HErr bestättige ihren Wunsch! Doch da kömmt unser Bücher-Krämer Jacob. Wir wollen doch sehen, was er neues hat.

Sechster Auftritt.

Frau Glaubeleichtin, Frau Seuffzerin, Frau Zanckenheimin, der Bücher-Krämer Jacob.

FRAU GLAUBELEICHTIN. Nun! was bringt ihr uns!

JACOB. O! ich bringe viel neue schöne Sachen, die ihnen recht gefallen werden. Sehen Sie!

FRAU GLAUBELEICHTIN *(liest:)* Christianus Democritus redivivus; das ist: der zwar gestorbene, aber in seinen Schrifften noch lebende und nimmer sterbende Königl. Dänische Cantzeley-Rath Dippel; in einem summarischen Auszuge seiner ehemahligen und letzteren Theologischen Schrifften, denen Liebhabern der unpartheyischen Wahrheit mitgetheilet von einem ungenannten Freunde derselben. Friedrichsstadt 1736. Das wird ein schönes Buch seyn; man hat es schon längst mit Sehnsucht erwartet.

FRAU SEUFFZERIN *(liest:)* Doctor Joach. Langens Gestalt des Creutz-Reichs. Man muß bekennen, daß das innere Christenthum diesem Manne sehr viel zu verdancken hat. Seine Wercke sind lauter Meister-Stücke in der Gelehrsamkeit und Beredsamkeit; und ich wüste nichts, was ihm vorzuziehen wäre, als die Sintzendorffischen Schrifften.

FRAU ZANCKENHEIMIN *(liest:)* Geistliches Blumen-Gärtlein inniger Seelen, oder kurtze Schluß-Reimen, Betrachtungen und Lieder über allerhand Wahrheiten des inwendigen Christenthums, zur Erbauung, Stärckung, und Erquickung, in dem verborgenen Leben mit Christo in GOTT; nebst der Frommen-Lotterie. Franckf. und Leipzig 1735. Das ist ein schönes Buch! das muß ich haben.

JACOB. Sehen sie! Hier habe ich ein schönes Werckchen. Der seeligen Frau Ursula Maria Zornin, gebohrnen Bernhardtin, sorgfältiger Gebrauch der Gnade GOttes, welcher in der Führung des wahren Christenthums durch Glauben, Lieben und Hoffen; in Wachen, Fasten und Bethen; in Kämpfen, Meiden und Leiden zu beweisen. In Gottseligen Betrachtungen vorgestellet in zweyen Theilen. Zum drittenmahle dem Druck überlassen, mit einer Vorrede von Daniel Heinrich Arnoldt, der Heil. Schrifft D. und P. P. zu Königsberg. Züllichau, im Verlag des Waysen-Hauses 1734. Ach! die Mägde und Handwercks-Frauen kauffen das Buch sehr, und es ist auch recht schön zu lesen.

FRAU GLAUBELEICHTIN. Ich wills kauffen.

FRAU SEUFFZERIN. Und ich behalte dieses: Der erste Tempel GOttes in Christo, darinnen das keusche Leben der heiligen Alt-Väter, heiligen Matronen und heiligen Märtyrer in der ersten Kirchen abgebildet ist, bey dem heiligen Bau des letzten Tempels Jesu-Immanuel denen beruffenen heiligen Kindern der Liebe GOttes und dessen Hertz-suchenden umgewandten Sündern zum

Vorbilde ihres inneren Tempels entworffen und gewidmet von Johann Otto Glüsing, Anno 1720. Ey! das ist ein treflich Werck! daraus kan man lernen ein heiliges Leben führen. Ich zweifle aber sehr, daß es bey vielen Würckung haben wird.

JACOB. Hier haben sie einen Catalogum von den Büchern, die ich noch zu Hause habe.

FRAU GLAUBELEICHTIN *(liest.)* Sammlung auserlesener Materien zum Bau des Reiches GOttes. Leipzig 1736. Bey Benjamin Samuel Walther.

Jane Leade Garten-Brunn, gewässert durch die Ströme göttlicher Lustbarkeit; Oder Diarium, darinnen alles, was sich mit dieser Autorin von Tage zu Tage zugetragen hat, sammt allen ihren Schrifften. Amsterd. 1679.

Vorblick des Blicks der unbekannten Gloria, oder des allerneuesten Leipziger Buchs lautere Anzeige und Summa, wie solche zu Christgebührlicher Erkänntniß und Nutz gestellet als ein erwünschtes Jubilate der Gläubigen, M. O. E. Leipzig und Hof, verlegts Johann Gottlob Vierling. 1735.

Die Würtenbergische Tabea, oder das merckwürdige, äussere und innere Leben, und seelige Sterben der weiland Gottseeligen Jungfer Beata Sturmin, welche den 17 Januar. 1730, zu Stuttgard im Hertzogthum Würtenberg, durch einen seeligen Tod ist vollendet worden; aus eigenem Umgange und Erfahrung wahrgenommen, in der Furcht des HErrn unpartheyisch abgefasset, zur Offenbahrung der herrlichen Gnade GOttes wohlmeynend mitgetheilet von etlichen, der Seeligen wohlbekannten Freunden. Zweyte Auflage, bey Metzlern und Ehrhardten. 1732.

Die edle neutestamentische köstliche Perle des Himmels und Gnadenreichs in uns, welche auf dem inwendigen heiligen Verleugnungs-Wege nach dem Glantz-Berge Zions der Verklärung GOttes im Geist, durch das ausstralend-vorleuchtende Gnaden-Licht gesuchet, und als ein unvergänglicher, edler, und verborgener Schatz im Acker des gereinigten Hertzens gefunden, und in diesem Seculo der bestimmten Zeit, zum hochpreißlichen Gnaden-Geschencke, aus der Fülle und Reichthum der Gnade und Liebe GOttes, allen Religionen, hohen und niedren Standes-Personen, Gelehrt und Ungelehrten, ja der gantzen Welt hiermit in dreyen Büchern präsentiret, und als eine helle Sonne am vollen Mittage eröfnet und aufgekläret wird, auf daß dadurch die unsterblichen Seelen der Menschen, zu lieben das höchste wahre Gut, ermuntert, gereitzet, als lebendige Steine zusammen gefügt, und auf dem köstlichen Eckstein Zions befestigt werden mögen; zur vollen Gewißheit des Verstandes und der innerlichen Erkänntniß. Coloss. II. 2. Alles aus innerlicher Erfahrung und täglicher Praxi geübet, und endlich durch wunderbahre Schickung GOttes ans Licht gestellet, durch einen seiner geringsten und einfältigen, aber doch treuen und aufrichtigen Werckzeuge, Joachim Heinrich Vlzen. Luc. X. v. 21. Röm. X. v. 8, Berlin, gedruckt bey Job. Grynäus. 1726. Der andere Theil 1729.
Die unerforschlichen Wege der Herrunterlassung GOttes, in welchen er sich nach denen oft unächten Begriffen der Menschen richtet, dargeleget, in dreyen aus der Französischen Sprache ins Deutsche übersetzten Lebens-Läuften. Nebst beygefügten Erwegungen über die Absonderung und Herrunterlassung, worinnen vor der

falschen und selbstklugen Condescendenz der Neulinge, welche theils aus Bekehrsucht, theils aus Creutzflucht neben der geraden Regel der Schrift vorbey gehen, und ohne inneres Licht des Geistes der Herrunterlassung GOttes nachzuahmen verwenden, besonders in diesen letzten Zeiten des Gerichts der Hure, des Thiers und des Drachen; wie auch zugleich vor vermessenem, aus dem Unglauben und eigenem Modell herkommenden Richter über diese und dergleichen, der nachgebenden Herrunterlassung GOttes gemäße Führungen, der Seelen gewarnet wird, von einem, der die langmüthige Liebe GOttes und das Saltz in Christo suchet und bittet. Leipzig, bey Benjamin Samuel Walthern, 1735.

Die Gespräche im Reiche der Gnaden, zwischen Theophilo Lebrecht, und Dositheo Eleison, von der allgemeinen Erlösung des gantzen Menschlichen Geschlechts, oder völligen Wiederbringung aller Creaturen. Aus dem Frantzösischen ins Teutsche übersetzt. Amsterd. 1722.

Arnolds Göttliche Liebes-Funcken, aus dem grossen Feuer der Liebe GOttes in Christo JEsu entsprungen. Dritte Auflage, mit neuen Göttlichen Liebes-Funcken vermehret. Leipzig, bey Benjamin Samuel Walthern.

GOtt allein soll die Ehre seyn: Welcher mir befohlen fein: Zu schreiben durch seinen Geist allein: Gantz wunderlich zwey Tractätelein: An alle Menschen insgemein: Sie mögen Käyser, Könige, Fürsten, Grafen, Freyherren, Edle, Unedle, Gelehrte, Ungelehrte, Bürger, Bauern, Männer, Weiber, Jünglinge oder Jungfrauen seyn: Daß sie sollen Buße thun, und vom Sünden-Schlaf aufwachen: Dieweil GOTT mit grossem Donner, Blitz, Hagel und Krachen: Der bösen Welt bald, bald, ja bald ein Ende wird machen. Benebst meinem Johann Tennhards Lebens-Lauf, aus welchem wird zu sehen seyn, wie lange mir der grosse GOtt und Vater, Schöpffer Himmels und der Erden nachgegangen, ehe ich mich von ihm habe ergreifen lassen, indem solches geschehen, so habe ich unwürdiger, armer, sündhaffter Mensch, nicht allein bey drey Jahren seine angenehme Stimme unmittelbar aus seinem göttlichen Munde gehöret; sondern hat mir auch auf meine Fragen gantz freundlich geantwortet; ja endlichen mich gar aus dem Schlafe erwecket, befohlen aufzustehen, und in seinem Nahmen dasjenige zu schreiben, was er mir durch seinen Geist oder ewige Weisheit dictiret, wie in diesem Wercklein allen Menschen, als Juden, Christen, Türcken und Heiden, nützlich und auch höchstnöthig zu lesen fürgeleget wird. Alles in und durch die Liebe geschrieben in Nürnberg. Gedruckt im Jahr 1710.

Die Scheidung des Lichts und Finsterniß; das ist: Gründlicher Beweiß von nothwendiger Absonderung der Frommen von den Bösen, aus einem alten Tractate Daniel – Jonae – Bedae, Separati Gal – Bel – Germ – Anglici, extrahiret; von einem, der unter Babel den Ausgang der Kirchen Christi aus Babel suchet, wünschet und hoffet, auch andern anpreiset, und ihnen den Ausgang zeiget, aufs neue aufgeleget, im Jahre Christi und seiner Aposteln 1735.

Von einem, nicht Paulisch, nicht Kephisch, nicht Lutherisch, nicht Tuchtfeldisch, sondern mit Paulo, Petro, Luthero und Tuchtfelden, nach Christo gesinneten Philadelphiern angestellete genaue Forschung, mit welcher durch und durch hin gezeiget wird, wie übel es sich verhalte in einem falschen fleischlichen Unwahrheit-Urtheile, mit derer ansehnlichen Herren Prediger in Nürnberg, die etwa besonders daran Theil haben, ihrer Vermahnung und Warnung wider Victor Christoph Tuchtfelden, einen Philadelphischen Zeugen JEsu Christi, der da hat sein Wort behalten in der kleinen Krafft der Niedrigkeit JEsu, und hat dessen Glauben nicht verleugnet, den er eingesehen durch die geöffnete Thür, welche ist JEsus Christus, die kein Drache noch falscher Prophet kann den Philadelphiern zuschliessen. Zu Beförderung Göttlicher Ehre, zu Steuer der festen Wahrheit, des weit mächtigern Evangelii von und in Christo, als gemein hin solches gar schlecht gerühmet wird, und zu Widerlegungen aller falschen Auflage, zur Ermunterung derer Philadelphischen Genossen, zur Stärkung ihres festen Glaubens an GOtt, und zur Bezeugung ihrer an Christo einmüthigen Lebens-Lehre; gründlich und gebührend verfasset, auf Unkosten der Philadelphischen Freunde. Franckfurt und Leipzig, zur Oster-Meße 1732. 4to.

Der Philosophische Religions-Spötter, in dem ersten Theile des Wertheimischen Bibelwercks verkappet; aber aus dringender Liebe zu JESU Christo und der reinen Mosaischen Lehre von demselben freymüthig entlarvet, und in seiner natürlichen Gestalt dargestellet von D. Joachim Langen, S. Theol. Profess. Ord. zu Halle. Psalm. XI. v. 3. Die Gottlosen reissen den Grund um. Andere und vermehrte Auflage. Leipzig und Halle, bey Samuel Benjamin Walthern, im Jahr Christi 1736.

FRAU GLAUBELEICHTIN. Ach Jacob! das habt ihr mit Fleiß zuletzt gelassen. Das ist gewiß! dieß Stück wird unsern Zeiten einmahl zu einer unüberschwenglichen Zierde dienen. Wie nett! wie gründlich! wie deutlich und ordentlich ists nicht geschrieben! Man sollte schwören, der Autor hätte einen Schul-Knaben von der andern Claße vor sich.

JACOB. Ja! man sagt, diese Wiederlegung sey zwar nicht so beschaffen, daß der Gegner dadurch überzeuget werde; aber sie soll doch sehr schön geschrieben seyn.

FRAU ZANCKENHEIMIN. Was mir am besten gefällt, das ist, daß der Autor sich gar nichts vor übel nimmt, und an der Bündigkeit seiner Schlüße gar nicht zweifelt. O! das ist ein Mann, der lacht über alle Philosophie und Vernunfft! So bald ein Schrifft-Steller etwas herausgibt, welches auf diese zwey Stücke hinaus läufft, so macht er sich über ihn her, und widerlegt ihn, ohne zu erforschen, was er meynt, und ob er seine Sätze auch erweiset. Das sind Poßen! Er mags gut bewiesen haben oder nicht: Herr D. Lange widerlegt ihn; und fügt dieser Widerlegung noch einen Hauffen Schimpff-Wörter hinzu, ohne daß er den Autorem kennet: Und das alles zur Erbauung frommer Hertzen. Das nenne ich einen rechten Amts-Eifer.

FRAU GLAUBELEICHTIN. Nun, Jacob! lasst ihr diese Bücher nur hier, Morgen kommt wieder, so sollt ihr Antwort haben, was ich behalten will. Vergesst aber nicht, uns immer alles zu bringen, was ihr neues habt.

JACOB. Gantz wohl. *(Geht ab.)*

FRAU SEUFFZERIN. Wir werden auch wohl gehen.

FRAU GLAUBELEICHTIN. Ach! bleiben sie doch noch ein wenig! Da kömmt mein Bruder, er wollte gerne unsere Unterredungen mit anhören. Wir wollen ihm doch ein wenig zusetzen.

Siebender Auftritt.

Frau Glaubeleichtin, Frau Seuffzerin, Frau Zanckenheimin, Herr Wackermann.

FRAU GLAUBELEICHTIN. Ja! nun kommen sie, Herr Bruder! nun wir aus einander gehen.

HERR WACKERMANN. Es ist mir gewiß sehr leid, und ich glaube, daß ich viel verlohren habe; aber ich bin durch eine wichtige Sache, welche die Frau Schwester angeht, und die sie bald erfahren werden, abgehalten worden.

FRAU GLAUBELEICHTIN *(zu den andern:)* Sie wissens vielleicht noch nicht, daß mein Schwager ein Orthodox ist?

FRAU SEUFFZERIN. Orthodox? ach das kan unmöglich seyn.

FRAU ZANCKENHEIMIN. O Himmel!

FRAU SEUFFZERIN. Vielleicht geht der Herr Obriste bey einem Orthodoxen zur Beichte?

HERR WACKERMANN. O! nein! Ich ließ mich einmahl verführen, und gieng zu einem hin, denn ich hatte von euch Leuten gehört, daß sie die Absolution ohne grosse Schwürigkeit gäben, man möchte auch beichten, was man wollte; aber wahrhafftig! es hat mir noch kein Geistlicher so scharff zugeredet, als der. Es ist wahr, ich verdiente es wohl; Aber ich komme ihm gewiß nicht mehr wieder.

FRAU SEUFFZERIN. O! Himmel! haben sie einem Orthodoxen gebeichtet! Wie? schämen sie sich nicht?

HERR WACKERMANN. Ja! wenn ich Orthodox bin; so weiß ichs gewiß selber nicht. Was heisst denn Orthodox?

FRAU SEUFFZERIN. Ach! wer kan ihnen das sagen? Sagen sie doch einmahl, was ist die Wiedergeburth?

HERR WACKERMANN. Ja! das hätten sie mich vor diesem fragen sollen, da ich noch den Catechismum lernte.

FRAU GLAUBELEICHTIN. Es ist eine himmlische Tinctur; ein Quell-Wasser; eine Erbohrenwerdung.

HERR WACKERMANN. In der That, das weiß ich nicht mehr. Es kan aber wohl seyn.

FRAU GLAUBELEICHTIN. Ja! sie reden immer von ihrem alten Catechismo; Wir haben ihn aber verbessert.

HERR WACKERMANN. Sie haben den alten Catechismum verbessert? Potz tausend! das ist schön.

FRAU ZANCKENHEIMIN. Madame, fragen sie ihm doch einmahl zum Spaas, was die Busse ist.

HERR WACKERMANN. O! ich gestehe ihnen, daß ichs nicht weiß: Aber ich möchte es gerne von ihnen lernen. Sagen sie mirs einmahl.

FRAU SEUFFZERIN. Das würde vergeblich seyn. Sie verstehen das nicht.

HERR WACKERMANN. Vortrefflich schön! Ich frage, was ist die Wiedergeburth? Wir haben den alten Catechismum verbessert! Was ist die Busse? Sie verstehen das nicht! Man muß bekennen, daß man in ihren Versammlungen viel lernet.

FRAU GLAUBELEICHTIN. Das macht, die Materien sind für einen Officier zu hoch.

HERR WACKERMANN. Das will ich glauben. Ich mache mir auch keine Schande daraus, daß ichs nicht weiß. Das ist der GOttes-Gelehrten ihr Werck. Aber glauben sie denn, daß es sich vor sie schickt, von solchen Dingen zu reden?

FRAU ZANCKENHEIMIN. O! mich dünckt freylich, daß ein erleuchtetes Frauenzimmer schon in der Kirche etwas zu sagen hat.

FRAU SEUFFZERIN. Das ist gewiß.

FRAU GLAUBELEICHTIN. Die Frau Petersen, Bourignon, und Guion habens wohl bewiesen in ihren Schrifften.

HERR WACKERMANN. Ja, freylich! Das sind rechte schöne Stückchen. Ich habe aber von vernünfftigen Leuten gehört, daß es recht so liesse, als wenn die guten Weiber von Sachen geschrieben hätten, die sie nicht verstanden.

FRAU GLAUBELEICHTIN. Man muß die Leute reden lassen, Herr Bruder: Indessen muß das innere Christenthum und die Liebe doch gepredigt werden.

HERR WACKERMANN. Ja! man muß aber bey dem innern Christenthum und bey der Liebe, seine Pflichten und den Wohl-Stand nicht aus den Augen setzen.

FRAU SEUFFZERIN. Ach, die Liebe! das innere Christenthum! Herr Obrister greiffen sie uns auf der Seite nur nicht an: Sie ziehen gewiß den kürtzern.

HERR WACKERMANN. Wird aber aus allen euren Schrifften wohl jemand recht ernstlich bekehret?

FRAU ZANCKENHEIMIN. Das thut nichts. Die Liebe und das innere Christenthum muß doch gepredigt werden.

HERR WACKERMANN. Aber worzu nützt es. Ist hier in unsern Landen wohl ein Orthodox, der darwieder streitet? Ihr wollts den Leuten wohl einbilden; aber es ist nichts.

FRAU GLAUBELEICHTIN. Die Liebe! das innere Christenthum! Ich lasse mein Leben davor, sage ich ihnen.

HERR WACKERMANN. Glauben sie denn, daß die Orthodoxen gar keine Liebe und kein Christenthum haben? Es ist doch wahr, wir Pietisten sind rechte Leute. Wir meynen, wir haben die Gottseeligkeit allein gepacht; und wir sehen nicht, daß andere Menschen uns oftmahls auslachen müssen.

FRAU GLAUBELEICHTIN. Was vor Menschen denn? Die Wittenberger in Wittenberg? Oder die Rostocker in Rostock?

HERR WACKERMANN. Nun ja! Oder die Leipziger in Leipzig. Wo Hencker sollen sie denn seyn? Adieu, Mesdames, es ist am besten, daß ich mich ihnen empfehle.

FRAU GLAUBELEICHTIN. Auf ein ander mahl kommen sie eine Stunde früher, Herr Bruder!

HERR WACKERMANN. Ich bin ihr Diener.

FRAU SEUFFZERIN. Adjeu! Frau Glaubeleichtin, ich empfehle mich.

FRAU ZANCKENHEIMIN. Adjeu! leben sie vergnügt! auf den Donnerstag sehen wir uns wieder.

FRAU GLAUBELEICHTIN. Leben sie wohl! Frau Seelen-Schwestern. Adjeu.

Achter Auftritt.

Frau Glaubeleichtin, Herr Wackermann.

FRAU GLAUBELEICHTIN. Sie freuen sich gewiß, daß sie die Orthodoxen so gut vertheidigt haben.

HERR WACKERMANN. Nein Frau Schwester! ich habe ihnen was anders zu erzehlen; ich fürchte nur, daß sie mir in einem so viel Gehör geben, als im andern.

FRAU GLAUBELEICHTIN. Was solls denn seyn?

HERR WACKERMANN. Ich will von der bevorstehenden Hochzeit reden.

FRAU GLAUBELEICHTIN. Die ist schon so fest beschlossen, daß alles, was sie mir davon sagen können, vergeblich ist.

HERR WACKERMANN. Hören sie mich doch nur an! Ich sage nicht, daß der Herr von Muckersdorff ein einfältiger dummer Kerl ist.

FRAU GLAUBELEICHTIN. O! er wird schon werden.

HERR WACKERMANN. Arm und von schlechten Leuten.

FRAU GLAUBELEICHTIN. Wenn er nur fromm und gottsfürchtig ist.

HERR WACKERMANN. Daß sie in einer solchen Sache mich auch wohl hätten zu Rathe ziehen können.

FRAU GLAUBELEICHTIN. Sie verstehen sich nicht auf die wahre Gottesfurcht.

HERR WACKERMANN. Daß mein Bruder ehestens ankömmt. Denn ich habe Briefe von ihm.

FRAU GLAUBELEICHTIN. Nun! wenn er die Tochter verheyrathet findet, so muß er sichs wohl gefallen lassen.

HERR WACKERMANN. Gantz gut! wir wollen itzo nur vom Hn. Scheinfromm reden. Kennen sie ihn wohl, wer er ist?

FRAU GLAUBELEICHTIN. Ob ich ihn kenne?

HERR WACKERMANN. Ja! kennen sie ihn?

FRAU GLAUBELEICHTIN. Was wollen sie sagen?

HERR WACKERMANN. Ich darf es kaum sagen; sie möchten mir wieder in Ohnmacht fallen.

FRAU GLAUBELEICHTIN. Sagen sie es nur!

HERR WACKERMANN. Wie viel haben sie Scheinfrommen gesagt, daß sie ihrer Tochter mitgeben wollten?

FRAU GLAUBELEICHTIN. Nun! sie fragen recht herum. Ich habe gesagt, ich gebe meiner Tochter 3000 Gulden mit.

HERR WACKERMANN. Nun! so ist Herr Scheinfromm ein Schelm.

FRAU GLAUBELEICHTIN. Ach! Herr Bruder! können sie die Gottseeligkeit selbst so schimpffen?

HERR WACKERMANN. Ich dachte wohl, daß sie es nicht glauben würden; aber ich habe die Probe schrifftlich.

FRAU GLAUBELEICHTIN. O! Himmel! das ist eine Lästerung! Ein Mensch, der mit göttlichen Geheimnissen, mit der Liebe, mit der Sanfftmuht, mit der Aufrichtigkeit gantz erfüllt ist! Ach! das ist wieder ein Streich der Orthodoxen! Die Leute könnens nicht leiden, daß das Reich Christi durch heilige Leute ausgebreitet werde, deswegen schmähen und lästern sie dieselben, wo sie nur können.

HERR WACKERMANN. Das war eine schöne Betrachtung: Es fehlt ihr nichts, als daß sie auf die Pietisten gezogen würde. Hören sie: Ich war so erboßt auf diese Heyrath, daß ich ihre Tochter entführen, zu mir nehmen, und bis zu meines Bruders Ankunfft bey mir behalten wollte. Denn ich sahe wohl, daß mit der Frau Schwester nichts anzufangen wäre.

FRAU GLAUBELEICHTIN. Wie? sie wollten mir meine Tochter entführen? Ich wills schon verhüten.

HERR WACKERMANN. Fürchten sie nichts! Ich werde diese Hülffe jetzo nicht nöthig haben, da ich ihnen beweisen kann, daß ihr Herr Scheinfromm ein Spitzbube ist. Und das kann ich unwiedersprechlich darthun.

FRAU GLAUBELEICHTIN. Unwiedersprechlich?

HERR WACKERMANN. Sie sollens sehen.

FRAU GLAUBELEICHTIN. Und wenn sie die gantze Welt darauf zu Zeugen haben; so glaube ichs nicht.

HERR WACKERMANN. Sie werden doch ihren Augen wohl trauen?

FRAU GLAUBELEICHTIN. Nein! und wenn ichs sähe; so würde ich glauben, ich träumete.

HERR WACKERMANN. Das ist ein entsetzlich Vor-Urtheil! Der Notarius hat mir seine Schelmerey entdeckt. Der Herr Scheinfromm hat einen Contract ----

FRAU GLAUBELEICHTIN. Schweigen sie! Herr Bruder! Ich bin des Todes! Ich sehe wohl, das ist ein angestellter Karn, die Hochzeit zu hintertreiben; aber sie, und alle ihre Mithelffer, werden sich sehr betrügen. Herr Scheinfromm kömmt zu mir, und da will ich den Contract den Augenblick unterzeichnen. *(Sie geht ab.)*

HERR WACKERMANN. Mein GOtt! Was ist das vor ein Weib? Es thut aber nichts! laß sie nur sagen, daß sie ihren eigenen Augen nicht trauen will; sie wird ihnen schon trauen; der Streich ist gar zu grob. Ich will sie so lange zufrieden lassen, bis daß sie die Schrift eben wird unterzeichnen wollen, denn will ich mit meinem Geheimnisse hervorkommen. Übrigens hoffe ich, daß mein Bruder noch heute oder morgen kommen will. Ich will aber hier nicht weit weggehen; damit ich, wenn Scheinfromm kömmt, gleich da bin.

Fünfte Handlung.

Erster Auftritt.

Jungfer Luischen, Cathrine.

JUNGFER LUISCHEN. Cathrine, mich dünckt, man giebt Acht auf mich. Sollte die Mama wohl meines Vetters Vorhaben entdeckt haben?

CATHRINE. Es kann wohl seyn; mich dünckt es auch, daß die Mama auf sie Achtung geben lässt.

JUNGFER LUISCHEN. Mir ist gewiß sehr angst dabey. Mein Vetter kömmt nicht, daß er mich abhohlte; und er hat mir es doch versprochen. Was soll ich davon dencken, Cathrine?

CATHRINE. Sie kann nichts anders dencken, als daß er noch nicht hier ist.

JUNGFER LUISCHEN. Sollte er sich auch anders bedacht haben?

CATHRINE. Das glaube ich nicht.

JUNGFER LUISCHEN. Warum kömmt er denn nicht? Es ist ja hohe Zeit.

CATHRINE. Sie fragt mich recht wunderlich! Als wenn ich das besser wissen könnte, als sie!

JUNGFER LUISCHEN. Ach! wenn du wüstest, wie lang mir die Zeit wird!

CATHRINE. Nun! lese sie ein wenig in Franckens Wercken; Ich weiß nichts angenehmers für ein Frauenzimmer, das in ihren Umständen ist.

JUNGFER LUISCHEN. Rede mir doch solch Zeug nicht vor.

Wollte GOtt! daß meine Mutter niemahls auf die Thorheiten gefallen wäre.

CATHRINE. Was sagt sie? Das sollte mir nicht lieb seyn! Wenn das nicht wäre; so hätten wir ja niemahls das Glück gehabt, den Herrn Scheinfromm, und den Herrn von Muckersdorff kennen zu lernen. O! wie schön kan ers den Welschen Hahn nachmachen. Gewiß, die Leute im Pädagogio werden recht hübsch erzogen.

JUNGFER LUISCHEN. Cathrine, wer kömmt da?

CATHRINE. Gewiß ists der Herr Vetter.

JUNGFER LUISCHEN. O Himmel! und mein Vater kömmt mit ihm.

Anderer Auftritt.

Herr Wackermann, Herr Glaubeleicht, Jungfer Luischen, Cathrine.

JUNGFER LUISCHEN *(umarmt ihren Vater.)* O! lieber Papa! wie soll ich meine Freude ausdrücken?

HERR GLAUBELEICHT. Stille! stille! wo ist die Mama?

CATHRINE. In ihrem Zimmer; ich wills ihr sagen, daß sie da sind.

HERR GLAUBELEICHT. Bey Leibe nicht! Sie solls noch nicht wissen; ich habe darzu meine Ursachen, und sie gehen dich an, meine Tochter! Du weinest?

JUNGFER LUISCHEN. Ja! lieber Papa! Ich dencke an das Unglück, darein mich ihre Abwesenheit gestürtzet hat. Aber nun darf ich wohl nichts fürchten.

HERR GLAUBELEICHT. Nein! mein Kind! mein Bruder hat

mir schon alles erzehlet; ich dancke GOtt, daß er mich noch zu rechter Zeit wieder bringet. Gehe nur in dein Zimmer; ich will bald zu dir kommen. Ich will nur noch ein Wort mit deinem Vetter sprechen.

Dritter Auftritt.

Hr. Glaubeleicht, Hr. Wackermann.

HERR GLAUBELEICHT. Ich kann mich von meinem Schrecken noch nicht erhohlen. Wie! meine Frau verzögert die Hochzeit zwey gantzer Jahre; da ich sie ihr doch so ernstlich anbefohlen hatte? und nun fasst sie in einem Tage den Entschluß, mein Kind des Scheinfromms Vetter, einem Pietisten, einem dummen Esel zu geben? Wahrhafftig! das ärgert mich.

HERR WACKERMANN. Ich begreiffe es wohl: Ihr habt recht; aber der Zorn ändert die Sache nicht. Wenn ihr noch solch grosses Lermen macht, was wird heraus kommen? Ihr werdet eure Frau nicht besser, sondern ihr werdet sie vielmehr noch ärger machen.

HERR GLAUBELEICHT. Was soll ich denn thun?

HERR WACKERMANN. Seyd stille, und verberget euren Zorn. Wir haben ja das Zeugniß, eure Frau zu überführen, was Scheinfromm für ein Kerl ist; ich will nur den Augenblick abwarten, da sie die Schrifft wird unterschreiben wollen, da werde ich ihr schon Einhalt thun. Der Advocat ist ein ehrlicher Mann; er hat wohl gemerckt, daß ein Schelmen-Stück dabey wäre, und hat mir auch versprochen, ohne meine Einwilligung nichts zu unterschreiben; also könnt ihr die Sache gelassen abwarten. Wenn eure Frau sich bedeuten lässt, so seyd ihr des Unglücks in eurem Hause auf einmahl loß. Will sie aber nicht hören, so wird eure Gegenwart der gantzen Sache ein Ende machen.

HERR GLAUBELEICHT. Ich will eurem Rathe folgen und bis zum Ausgang der Sache in meiner Tochter ihrem Zimmer bleiben. Aber wie Hencker hat der Scheinfromm meine Frau so einnehmen können! Ihr sagt: Er hat keinen Verstand, keine Lebens-Art, keine Verdienste.

HERR WACKERMANN. Mich nimmt es nicht Wunder, daß er sie eingenommen hat. Wenn ihr wüsstet, was die verzweifelten Kerls für Streiche machen, daß man sie nur für redliche Leute halten soll! Sie haben allenthalben ihre Spionen, welche von ihrer grossen GOttes-Furcht und Frömmigkeit schwatzen müssen. Wenn man sie sieht, so dächte man, es wären lauter Heilige. Sie reden von lauter GOttes-Furcht, Liebe und Sanfftmuth; und es ist also nicht zu verwundern, daß eure Frau, die ein gutes redliches Hertze hat, durch solche Verstellung ist betrogen worden.

HERR GLAUBELEICHT. Ihr habt recht.

HERR WACKERMANN. Sie wird sich schon ändern; lasst mich nur davor sorgen. Ich habe dem Liebmann sagen lassen, daß er hieher kommen soll. Doch wir wollen hinein gehen, man möchte uns gewahr werden; mich dünckt ohnedem, es kömmt jemand.

Vierter Auftritt.

Herr Mag. Scheinfromm, Herr von Muckersdorff, ein Advocat.

HERR SCHEINFROMM. Wir wollen doch ein wenig unsern Contract durchsehen, ehe die Frau Glaubeleichtin kömmt.

DER ADVOCAT. Hier ist er so, wie sie ihn bestellt haben.

HERR SCHEINFROMM *(liest ihn durch.)* Gut! Sie haben es wohl ausgedruckt, daß sie von nun an alle ihre bewegliche und unbewegliche Güter, sie mögen ihr oder ihrem Manne gehören, ihrer Tochter, laut der Vollmacht, die sie von ihrem Manne erhalten hat, abtritt.

DER ADVOCAT. Ja! Herr Magister.

HERR SCHEINFROMM. Ohne alles Bedencken auf ihre ältere Tochter, welche sie hiermit enterbet.

DER ADVOCAT. Ja! Herr Magister.

HERR SCHEINFROMM. Doch mit Vorbehaltung eines jährlichen Gehalts von 2000 Gulden vor sich und ihren Mann auf Lebens-Zeit.

DER ADVOCAT. Ja! das alles habe ich deutlich ausgedruckt.

HERR SCHEINFROMM. Sie wissen, was ich ihnen versprochen habe: Sie sollen schon zufrieden seyn.

DER ADVOCAT. O! daran zweifele ich nicht. *(Beyseits:)* Das ist ein Spitzbube!

HERR SCHEINFROMM. Mich dünckt, sie haben sich über die Puncte dieses Contracts gewundert.

DER ADVOCAT. Es ist wahr; aber weil sie mir sagten, daß die Frau Glaubeleichtin alles übergeben hätte, so habe ich auch nichts darwider zu sagen.

HERR SCHEINFROMM. Ach! sie werden sehen, daß sie es nicht einmahl lesen wird. Übrigens habe ichs ihnen schon gesagt, daß ichs nicht aus Eigennutz thue.

DER ADVOCAT. Das glaube ich wohl! Sie sind zu gottsfürchtig.

HERR SCHEINFROMM. Ja! die Erfahrung hat michs gelehrt, daß auch zuweilen tugendhaffte Leute ihr Geld übel anwenden, und dadurch verdammt werden: Deßwegen bin ich auf den Entschluß gekommen.

DER ADVOCAT. Das kann wohl seyn.

HERR SCHEINFROMM. Unter dem Schein des Ranges verfallen sie in Pracht und Hoffart.

DER ADVOCAT. Zuweilen. Aber Frau Glaubeleichtin kömmt mir nicht so vor.

HERR SCHEINFROMM. Es thut nichts. Ich will ihr auch die Gelegenheit dazu beschneiden. Und denn hat man mir gesagt, daß ihr Mann bald wieder kommen wird.

DER ADVOCAT. Nun! was thut das?

HERR SCHEINFROMM. O! ich traue dem Frieden nicht! Es ist am besten, daß ich meine Schrifft beyzeiten zeichnen lasse.

DER ADVOCAT. Da kommen sie.

Fünfter Auftritt.

Hr. Wackermann, Hr. Mag. Scheinfromm, Hr. von Muckersdorff, der Advocat.

HERR WACKERMANN. Ihr Diener! Herr Magister! Ist das etwa ihr Vetter, der meine Muhme heyrathen soll?

HERR SCHEINFROMM. Ja! Herr Obrister. Wollen sie nicht ihre Einwilligung darzu geben? Ich versichere, GOtt hat uns selbst auf diese Gedancken gebracht; und für Jungfer Luischens Bestes gesorgt.

HERR WACKERMANN. Sorgen sie auch noch für das Beste meines Bruders, seiner Frauen, und der ältesten Tochter.

HERR SCHEINFROMM. Ich glaube allerdings, daß die gantze Familie durch diese Heyrath wird gesegnet seyn.

HERR WACKERMANN. Nun mein Herr von Muckersdorff, was werden wir denn mit ihm machen, wenn er meine Muhme wird geheyrathet haben? Er soll mit mir in den Krieg gehen.

HERR VON MUCKERSDORFF. O nein! denn ich ---

HERR WACKERMANN. Warum nicht?

HERR VON MUCKERSDORFF. O nein! weil ich nicht ---

HERR WACKERMANN. Wie? Er wird sich doch nicht vor einer Canonen-Kugel fürchten.

HERR VON MUCKERSDORFF. Ja, ja! denn ---

HERR WACKERMANN. Vielleicht kömmt er mit einigen Wunden davon?

HERR VON MUCKERSDORFF. O nein! ich mögte wohl gar ---

HERR SCHEINFROMM. Herr Obrister, das ist ein junger Mensch, der in gantz andern Wissenschafften erzogen ist, als von denen sie sprechen.

HERR WACKERMANN. Ja! ich sehe, daß man sich viel von ihm versprechen kan. Aber wir wollen ernsthaft reden, Herr Magister: Die Leute sagen, sie wären ein gottsfürchtiger Mann.

HERR SCHEINFROMM. Ach! man thut mir zu viel Ehre an.

HERR WACKERMANN. Folglich werden sie wohl nichts thun können, das sich vor einem redlichen Mann nicht schicket.

HERR SCHEINFROMM. Der Himmel behüte mich!

HERR WACKERMANN. Glauben sie aber wohl, daß sie recht daran thun, wenn sie das Vertrauen meiner Schwägerin so mißbrauchen?

HERR SCHEINFROMM. Ich, Herr Obrister?

HERR WACKERMANN. Sind wir uns am Stande auch wohl nur einiger Maassen gleich? Meine Muhme ist reich und von gutem Hause. Ihrem Vetter fehlt beydes. Meine Muhme kan ihren Vetter gar nicht leiden; und sie machen sie auf Lebenslang ungleich. Sie werden unter meinen Bruder und seiner Frauen einen ewigen Haß stifften: Denn sie können wohl dencken, wie angenehm ihm diese Zeitung seyn wird. Ich bin nur ein Vetter von der Braut; aber ich sags ihnen frey heraus: Ich gebe meinen Willen nimmermehr darein. Wie können sie dieses Verfahren mit der Gottseeligkeit, die sie besitzen wollen, zusammen reimen?

HERR SCHEINFROMM. Ach sie machen mich gantz betrübt. Ich sehe wohl, daß Fleisch und Blut ihnen das alles beybringt.

HERR WACKERMANN. Nein! warhafftig, das lehrt mich die Vernunfft, die Billigkeit und Redlichkeit.

HERR SCHEINFROMM. Herr Obrister, ich suche bey dieser Heyrath weder das Vermögen, noch die Ehre.

HERR WACKERMANN. Ich glaube es wohl! sie sind so eigennützig nicht, und sind zu gleichgültig gegen die Güter dieser Erden. Aber was suchen sie denn?

HERR SCHEINFROMM. Eine heilige Christliche Ehe zu stifften.

HERR WACKERMANN. Unter zwey Personen, die sich einander nicht leiden können?

HERR SCHEINFROMM. Ach! Frau Glaubeleichtin sieht meine Meinung besser ein, als sie.

HERR WACKERMANN. Sie irren sich Herr Magister. Ich weiß besser, was sie haben wollen, als meine Schwester. Glauben sie mir nur!

HERR SCHEINFROMM. Herr Obrister, wenn sie mich kennen.

HERR WACKERMANN. Ich kenne sie freylich. Ich sags ihnen. Da ist meine Schwester.

Sechster Auftritt.

Frau Glaubeleichtin, Herr Wackermann, Herr Scheinfromm, Herr von Muckersdorff, Cathrine, der Advocat.

FRAU GLAUBELEICHTIN *(zum Scheinfromm:)* Nun! Herr Magister? Ich habe lange auf sie gewartet. Warum lassen sie mirs nicht sagen, daß sie hier sind?

HERR SCHEINFROMM. Der Herr Obrister hat mich aufgehalten.

FRAU GLAUBELEICHTIN. Nur fortgemacht! Cathrine ruffe Luischen her!

CATHRINE. Da ist sie schon.

Siebender Auftritt.

Fr. Glaubeleichtin, Jungfer Luischen, Hr. Wackermann, Hr. Scheinfromm, Hr. von Muckersdorff, Cathrine und der Advocat.

FRAU GLAUBELEICHTIN. Du siehst ja recht munter aus, meine Tochter. Das ist mir von Hertzen lieb.

JUNGFER LUISCHEN. Die Freude, so meine liebe Mama mir ansiehet, ist gar zu billig, als daß ich sie verbergen könnte.

FRAU GLAUBELEICHTIN. Du warst aber vorhin so betrübt?

JUNGFER LUISCHEN. Es ist wahr. Ich sahe mein künftiges Glück noch nicht so deutlich ein, als jetzo.

FRAU GLAUBELEICHTIN. Glaube nur, meine Tochter, daß dich diese Heyrath glücklich machen wird.

HERR VON MUCKERSDORFF. Da Mademoiselle! sehen sie, das ist ein Gedichte, so ich auf unsere Hochzeit gemacht habe.

HERR WACKERMANN. Ah, ha! Ich wills lesen. Lassen sie doch sehen, Herr Bräutigam! Ich bin recht neugierig auf ihre Poesie. *(Er liest:)* An Jungfer Luise Glaubeleichtin. Acrostichon. Potz tausend! das ist schön! Ich dachte, dieß Geheimniß wäre gantz verlohren. *(Er sieht, daß die Jungfer und die Magd lachen.)* Ich glaube gar, ihr lacht! Ihr wisst viel, wie ihr den Wehrt solcher Verse schätzen sollt. *(Er liest die Verse:)*

Liebste Seele, schönster EngeL,
VnVergleichlich holder MVnd.

Oh! Muhme! das verdient einen Reverentz; mache sie

doch dem Auctor einen. *(Jungfer Luischen macht einen Reverentz.) (Er liest:)*

Liebste Seele, schönster EngeL,
VnVergleichlich holder MVnd.

Nun ich wette, daß ihr die Schönheit dieses Gedichts nicht einseht. In zweyen Versen so viel zu sagen!

JUNGFER LUISCHEN. Ja! freylich! in zweyen Zeilen!

CATHRINE. O! Mademoiselle! Sie muß noch einen Reverentz machen. *(Jungfer Luischen macht einen Reverentz.)*

FRAU GLAUBELEICHTIN. Nur nicht gar zu lustig!

HERR SCHEINFROMM. Es ist die Jugend.

HERR VON MUCKERSDORFF. Lesen sie nur weiter, Herr Obrister. Das beste kömmt zuletzt.

HERR WACKERMANN. Wir wollen sehen:

Ist meIn Lieben Ietzt voll Mängel,
So ist dirS doch Sehr gesund.
Christlich und reCht schmackhafft küssen,
Hat im Himmel Hohe Ehr.

Ach! Mademoiselle! das ist zärtlich!

JUNGFER LUISCHEN. Das ist recht geistreich!

HERR WACKERMANN. Zum Henker! dieß ist das schöne:

Ey siE mehrt mein Glücke sehr,
Nun sie mich ihr Ja lässt wisseN.

Er hat recht. Wahrhafftig! man kann nichts schöners machen.

CATHRINE. Ja! ja! Herr von Muckersdorff ist so ein Narr nicht, als man wohl denckt.

HERR WACKERMANN. Ja! Mühmchen sehen sies nur recht an; Die Augen haben auch etwas dabey zu thun. Lesen sies noch einmahl.

Liebste Seele, schönster EngeL,
VnVergleichlich holder MVnd,
Ist meIn Lieben Ietzt voll Mängel,
So ist dirS doch sehr geSund.
Christlich und reCht schmackhafft küssen
Hat im Himmel Hohe Ehr:
Ey siE mehrt mein GlückE sehr,
Nun sie mich ihr Ja lässt wisseN.

JUNGFER LUISCHEN. Ich bin ihnen sehr verbunden, mein Herr von Muckersdorff. Ich dachte nicht, daß sich mein Nahme so gut zum Radebrechen schickte.

FRAU GLAUBELEICHTIN. Nun, nun! Es ist genung geschertzt! Wir wollen zur Unterzeichnung schreiten. Herr Advocat haben sie den Contract mitgebracht?

HERR SCHEINFROMM. Ja! Madame! Aber es ist nicht nöthig.

FRAU GLAUBELEICHTIN. Warum nicht nöthig?

HERR SCHEINFROMM. Ja! Madame! Der Herr Obrister will nicht in diese Heyrath willigen.

FRAU GLAUBELEICHTIN. Nicht willigen? das ist artig, brauchen wir denn seine Einwilligung?

HERR SCHEINFROMM. Ach! Madame! der Frieden und die Einigkeit ist mir viel zu lieb, als daß ich sie im geringsten stören solte.

FRAU GLAUBELEICHTIN. Ach! Was ist doch das, Herr Bruder? Sie sollten für den Hrn. Scheinfromm mehr Einsicht haben.

HERR WACKERMANN. Es wird sich schon finden.

HERR SCHEINFROMM. So bitten sie ihn doch wenigstens, Madame, daß er weggehe, damit er nicht dasjenige mit Augen sehen darff, was ihm so viel Kummer macht.

HERR WACKERMANN. Nein! nein! ich bin gesonnen, die Sache mit anzusehen.

FRAU GLAUBELEICHTIN. Ach! er kan gehen oder bleiben, es ist gleich viel. Geben sie mir nur die Schrifft. Sie haben sie unfehlbar so machen lassen, als ich gesagt habe.

HERR SCHEINFROMM. Ja! ich habe ihre Meynung hinein bringen lassen, und ihn auch noch zweymahl überlesen; aber wofern sie mir nicht trauen, Madame, so lesen sie ihn nur selbst durch.

FRAU GLAUBELEICHTIN. Ob ich ihnen nicht traue?

HERR WACKERMANN. Es wäre so übel eben nicht.

HERR SCHEINFROMM. Freylich! Madame! ich könte wohl ein gottloser Mann seyn; ein böser Mensch, der sie zu betrügen denckt. Es ist gut, daß man mit allen Leuten behutsam umgeht.

FRAU GLAUBELEICHTIN. Wie? mit Herr Scheinfromm vorsichtig umgehen? Geben sie geschwinde, ich wills unterschreiben.

HERR SCHEINFROMM. Weil sie es denn haben wollen; hier ist er.

HR. WACKERMANN *(reisst die Schrifft weg.)* O! zum Hencker! wenn ihr alle Narren seyn wollt, so will ichs nicht seyn! Ich muß wissen, was hier drinnen steht. Zum Teufel! man wird doch nicht einen Contract unterschreiben, den kein Mensch gelesen hat?

FRAU GLAUBELEICHTIN. Sie können ihre Hitze auch gar nicht dämpfen!

HERR WACKERMANN. Sagen sie, was sie wollen. Weil Herr Scheinfromm aber sagt, daß er ihn zweymahl überlesen hat, so will ich ihn doch auch lesen.

HERR SCHEINFROMM. Sie sehen mich vor einen unrechten an.

HERR WACKERMANN. Nein! ich sehe sie vor das an, was sie sind; glauben sie es mir. Sie habens ja selbst gesagt, man müsste mit allen Menschen vorsichtig umgehen. Hören sie zu, Frau Schwester!

FRAU GLAUBELEICHTIN. Wir halten uns nur auf: Ich höre nichts!

HERR WACKERMANN. Hören sie doch nur: Es wird bald geschehen seyn.

HERR SCHEINFROMM. Herr Obrister! ich habe hier mit ihnen nichts zu thun; sondern mit Madame.

HERR WACKERMANN. Es ist wahr; aber warum weigern sie sich so? Fürchten sie denn etwas?

HERR SCHEINFROMM. Nein! ich bin ein ehrlicher Mann!

HERR WACKERMANN. Ich glaubs; aber ich wills aus dieser Schrifft gerne sehen.

FRAU GLAUBELEICHTIN. Nein! Herr Bruder, ich werde es nicht leiden. Der arme Herr Scheinfromm betrübt sich nur.

HERR WACKERMANN. Und ich gebe den Contract nicht eher wieder, bis ich ihn gelesen habe.

FRAU GLAUBELEICHTIN. Nun! Herr Scheinfromm! wir können ihm ja zu gefallen thun.

HERR SCHEINFROMM. Nein, Madame! lieber gehe ich davon.

FRAU GLAUBELEICHTIN. Ich bitte sie Herr Magister, auf die Art überführen wir ihn am besten.

HERR SCHEINFROMM. Nein, Madame! wir wollen die Sache lieber ein paar Tage aussetzen. Adieu!

FRAU GLAUBELEICHTIN. Sehen sie, Herr Bruder!

HR. WACKERMANN *(hält Scheinfromm zurücke.)* Nicht so, Herr Magister! ehe sie weggehen, müssen wir zuvor wissen, wie unsere Sache steht. Frau Schwester! haben sie denn das Ding nicht schon vor einer viertel Stunde mercken können? Ein Wort wird ihnen Licht geben. Ist es ihre Meynung, daß sie sich, ihren Mann, und ihre ältere Tochter aller Güter berauben wollen? Und es alles ihrer jüngsten Tochter zum Brautschatze geben.

FRAU GLAUBELEICHTIN. Nein! doch, was wollen sie sagen?

HERR WACKERMANN. Da, lesen sies selbst! Wollen sie ihre Tochter so verheyrathen?

FRAU GLAUBELEICHTIN *(liest.)* O! Himmel!

HERR WACKERMANN. Was sagt er darzu, Herr Magister? Man muß gestehen, daß sie die Gnade bey diesem Contracte sehr verlassen hat.

CATHRINE. Mein GOtt! Was die irrdische Lust nicht thun kann; O! verderbte Natur!

HERR SCHEINFROMM. Ich sage --- Ich sage, daß es nicht derselbe Contract seyn muß. Der Herr Advocat muß sich versehen haben.

FRAU GLAUBELEICHTIN. Nun, sehen sie, Herr Bruder! das wirds seyn!

DER ADVOCAT. Was wollen sie, Herr Magister? Meynen sie, daß ich so dumm bin, daß ich nicht einmahl begreifen kan, was die Leute haben wollen? Meynen sie, daß ich nichts rechts gelernet habe? O! wincken sie mir immer, wie sie wollen.

HERR SCHEINFROMM. Aber bedencken sie doch ---

DER ADVOCAT. Das brauche ich nicht. Ich weiß wohl, wie man einen Contract macht; ich weiß aber auch, daß ich ehrlich bin, und daß sie mir von Wort zu Wort die gantze Schrifft in die Feder dictiret haben. Sie haben ihn ja noch überdem zweymahl durchgelesen.

FRAU GLAUBELEICHTIN. O Himmel! soll ich das glauben! Hören sie, mir fällt was ein: Sie sollen alle von des Herren Scheinfromms Redlichkeit überführet werden. Weil er bey dieser Heyrath den Eigennutz nicht suchet; so wird er mir wohl beypflichten. Wir wollen die Schrifft so, wie sie ist, seyn lassen. Wir wollen nur die Nahmen ändern. An statt Luischens und Hn. von Muckersdorff Nahmen setzen wir Dorchen und Liebmann hinein; und an statt der enterbten Dorchen wollen wir Luischen setzen, und denn kan sie der Hr. von Muckersdorff noch kriegen.

HERR SCHEINFROMM. Aber denn wird Luischen nichts haben, Madame?

FRAU GLAUBELEICHTIN. Was thuts? Sie suchen ja keinen Nutzen bey der Heyrath.

HERR SCHEINFROMM. So soll mein Vetter eine enterbte Tochter nehmen?

FRAU GLAUBELEICHTIN. Es wird ihr deswegen nicht fehlen. Ihre Schwester wirds ihr nicht fehlen lassen. Sie sagen ohnedem, die Güter dieser Erden verhinderten die himmlischen Dinge; folglich werden die beyden Leute recht selig seyn, wenn sie nicht einen Heller im Hause haben. Beliebt ihnen das nicht?

HERR SCHEINFROMM. Nein Madame! ich sehe wohl, sie haben keine Einsicht für mich, und ich begehre die Heyrath nicht mehr.

FRAU GLAUBELEICHTIN. Einsicht vor sie? ach ich habe ihr nur gar zu viel gehabt! Ich machte diesen Vorschlag nur zum Scheine; damit ich ihre wahre Absieht entdecken möchte. Sie können nur gehen.

HERR SCHEINFROMM. Ja! ich gehe; ich werde mich über den Verlust ihrer Güte nicht zu Tode grämen.

CATHRINE. Adjeu! Herr von Muckersdorff! das ist eine schöne Materie zum Acrostichon: Pia, pia, pia! Glu, glu, glu, glu, glu!

HERR WACKERMANN. Stille Cathrine! der schuldige ist genung bestrafft; und der andere kan nichts dafür.

DER ADVOCAT. Ich kan ihnen wohl so viel melden, daß Herr Scheinfromm nicht lange lauffen wird. Denn ich habs aus sichern Händen, daß er Morgen in Arrest soll gebracht werden; weil er mit den Saltzburgischen Geldern diebisch umgegangen ist.

HERR WACKERMANN. Der Schelm!

DER ADVOCAT. Kan ich jetzo gehen?

HERR WACKERMANN. Ja! und kommen sie Morgen wieder. Muhmgen und Cathrine gehen sie, wohin sie wissen, und kommen sie hernach wieder.

Achter Auftritt.

Fr. Glaubeleichtin, Hr. Wackermann.

HERR WACKERMANN. Nun! Frau Schwester! kennen sie jetzo Herrn Scheinfrommen und seine Cameraden?

FRAU GLAUBELEICHTIN. Das hätte ich mir doch in Ewigkeit nicht eingebildet.

HERR WACKERMANN. Das glaube ich: Sie sind redlich; sie haben ein gutes Hertz; sie sind Gottsfürchtig; deswegen war es sehr leicht, daß sie durch die Scheinheiligkeit dieser Leute konnten verführet werden. GOtt gebe nur, daß sie dieses Exempel behutsamer macht, und sie von dieser gottlosen Secte abzieht.

FRAU GLAUBELEICHTIN. Ach! Herr Bruder! es ist keine Secte. Es sind gewiß gute ehrliche Leute.

HERR WACKERMANN. Es mag drum seyn. Vielleicht sind die meisten unter ihnen eben so wohl verführet worden, als sie: Einige durch eine verstellte Gelehrsamkeit; andere durch einen falschen Schein der Tugend; andere durch eine falsche Liebe zu den abgeschmackten Schrifften. Doch denen, die sich durch ihre Redlichkeit oder Unwissenheit betrogen sehen, vergebe ichs; aber ihre Leichtgläubigkeit und Blindheit verzeihe ich ihnen nicht.

FRAU GLAUBELEICHTIN. Warum nicht Herr Bruder?

HERR WACKERMANN. Mein GOtt! der Betrug, die Gleißnerey, die Lust zur Sectirerey, die Bosheit, die Wiederspenstigkeit gegen das geistliche und weltliche Regiment, ist bey den Leuten so sichtbar, daß man mit Fleiß muß blind seyn wollen; wenn man es nicht siehet. Wie viel elende Schmieralien, wie viel Heuchler, wie viel verborgene Bösewichter, wie viel liederliche Kerl, die weder Sitten noch Religion haben, wie viel leichtfertige und liederliche Weiber giebt es nicht unter ihnen! Das begreiffe ich aber nicht, wie sich auch diejenigen Leute von ihnen können fangen lassen, welche eine gute redliche Absicht, ein aufrichtiges Gemüthe, eine Liebe zum Vaterlande haben, welche GOtt und ihrem Könige treu sind?

FRAU GLAUBELEICHTIN. Herr Bruder, sie sagen mir was, welches, wie ich sie versichere, nebst allem, was sie mir gesagt haben, mich auf gantz andere Gedancken bringt. Doch können sie in einem Tage eine so grosse Veränderung nicht begehren: Denn in einigen Stücken bin ich noch zweifelhaft.

HERR WACKERMANN. Das glaube ich wohl. Nehmen sie sich aber nur einmahl die Mühe, und dencken unparteyisch der Sache nach. Zu dem Ende müssen sie alle ihre Vorurtheile bey Seite setzen: So bin ich gewiß versichert, daß sie den gantzen Krahm verabscheuen werden. Jetzo kömmt es auf etwas anders an. Sie haben etwas gethan, damit mein Bruder bey seiner Zurückkunfft schlecht zufrieden seyn wird.

FRAU GLAUBELEICHTIN. Das ist wahr. Ich ersuche sie um ihren Vorspruch bey ihm.

HERR WACKERMANN. Seyn sie getrost. Ich habe sie schon bey ihm ausgesöhnet.

FRAU GLAUBELEICHTIN. Wie?

HERR WACKERMANN. Mein Bruder ist vor ein paar Stunden angekommen.

FRAU GLAUBELEICHTIN. Mein Mann ist wieder hier?

HERR WACKERMANN. Ja! Er hat mit Fleiß nicht bey dieser Sache mit zugegen seyn wollen; aus Furcht, er möchte seinen Zorn nicht genungsam bemeistern können: Und er ist gesonnen, seine Hochachtung für sie nicht fahren zu lassen.

FRAU GLAUBELEICHTIN. Ich bin ihnen unendlich verbunden.

Neunter Auftritt.

Herr Glaubeleicht, Frau Glaubeleichtin, Jgfr. Luischen, Jgfr. Dorchen, Herr Wackermann, Cathrine, und Herr Liebmann.

FR. GLAUBELEICHTIN *(umarmet ihren Mann.)* Ach! ich heisse ihn tausendmahl willkommen! Aber ich bin auch wegen meines Fehlers gantz beschämt.

HERR GLAUBELEICHT. Sey sie bey dieser Umarmung einer völligen Vergebung versichert. Künfftig will ich nicht einmahl davon reden hören. Und weil die verzögerte Hochzeit der Luischen die größte Verwirrung macht; so wollen wir sie noch heute vollziehen. Der Contract ist schon seit zwey Jahren fertig, wir dürffen ihn nur unterschreiben. Nun, liebe Kinder! gebt euch einander die Hände! Der Himmel segne euch in allem euren Vornehmen!

HERR LIEBMANN. Meine Liebe, und mein Gehorsam gegen sie, soll ewig dauren.

JUNGFER DORCHEN. Und ich, lieber Papa? vergessen sie mich?

HERR GLAUBELEICHT. Nein! nein! Ich will dich verheyrathen, so bald du nur willst. Es ist deine eigene Schuld, daß es nicht schon lange geschehen ist. Anitzo wollen wir zu Tische gehen.

CATHRINE. Gute Nacht! ihr Herren Scheinfromms und Hengeköpffe! Grüsset die Pietisterey im Fischbein-Rocke!

ENDE
der
Fünften und letzten Handlung.

Zu dieser Ausgabe

Während alle bisherigen Neuausgaben der *Pietisterey* offensichtlich auf Nachdrucken beruhen (vgl. dazu das Literaturverzeichnis), folgt unser Neudruck der mutmaßlichen Originalausgabe (eine handschriftliche Vorlage ist nicht überliefert):

> Die Pietisterey im Fischbein-Rocke; Oder die Doctormäßige Frau. In einem Lust-Spiele vorgestellet. Rostock, Auf Kosten guter Freunde. 1736. 160 Seiten. 8°.

Unser Text bewahrt alle Eigenheiten des Originals in Orthographie, Interpunktion sowie Groß- und Kleinschreibung, wobei auch gewisse Inkonsequenzen in Kauf genommen wurden. Lediglich in vier Fällen wurde ein Komma ergänzt und ebenfalls in vier Fällen der Druckfehler »daß« in »das« sowie umgekehrt einmal »das« in »daß« korrigiert. Ferner wurden folgende Veränderungen vorgenommen:

12,27 in dem Sinn] in den Sinn
29,1 närrischen] närrischsten
44,20 durch der Gnade GOttes] durch die Gnade GOttes
48,4 Freyer.] Freyer?
48,29 Willstu du mich] Willstu mich
49,12 Soll den] Soll denn
57,3 in gewissen Verstande] in gewissem Verstande
70,17 ihrem Vetter] ihren Vetter
82,20 Weißheit] Weisheit
92,27 Quell] Quelle
94,9 Frauen-Lotterie] Frommen-Lotterie
95,22 äusere] äussere
103,16 den den Wohl-Stand] den Wohl-Stand
122,1 Scheinfromm. zurücke] Scheinfromm zurücke
125,31 wie wie ich] wie ich.

Die Wortwiederholungen beim Seitenwechsel wurden getilgt. Anstelle der zeitgenössischen Fraktur wurde Antiqua gewählt, die im

Original in Antiqua wiedergegebenen lateinischen und französischen Wörter sowie die wenigen in größerem oder auch kleinerem Grad gedruckten Partien wurden nicht ausgezeichnet. Aus typographischen Gründen wurden die Sprechernamen, im Original in Groß- und Kleinbuchstaben, in Kapitälchen, die Regiebemerkungen, im Original geradestehend, kursiv gesetzt. aͤ, oͤ, Ue, uͤ erscheinen als ä, ö, Ü, ü, ꝛc. als etc. Doppelbindestriche (=) sind in einfache (-) umgewandelt.

Anmerkungen

[Titelfaksimile] *Ridiculum acri / Fortius ... res:* Das Lächerliche trifft meistens nachdrücklicher und besser als Schärfe. [Horaz, *Satiren* 1,10.]

7,11 *E. H.:* Euer Hochwohlgeboren, Euer Hochedlen.

12,5 *Jansenistischen:* Vgl. dazu das Nachwort.

12,8 f. *La Femme Docteur ... tombèe en Quenouïlle:* Im Originaltitel der Komödie des Bourgeant fehlt das Adjektiv »janseniste«. Er lautet: *La Femme Docteur ou la Théologie tombée en Quenouille,* Comédie, à Liège, chez la Veuve Procureur, au Vieux-Marché, 1730. – Der Titel zu Deutsch etwa: Die doktormäßige Frau oder die unter die Kunkel geratene Theologie.

13,23 *wieder auflegen lassen:* Über die tatsächlich erfolgten Nachdrucke vgl. das Literaturverzeichnis.

17,19 f. *Fußstapfen der Wunder GOttes im Hällischen Wäysen-Hause:* Die bekannte Schrift August Hermann Franckes, *Die Fußstapffen des noch lebenden und waltenden liebreichen und getreuen GOttes, zur Beschämung des Unglaubens, und Stärckung des Glaubens, entdeckt durch eine wahrhaffte und umständliche Nachricht von dem Waysenhause Glaucha,* 1700. – Zu Francke vgl. Anm. 35,25 f.

17,25 f. *ein Heiliger oder ein Vieh:* Vermutlich Titel eines pietistischen Traktats. Bibliographisch nicht zu ermitteln.

17,26 *Hoburgs unbekannter Christus:* Christian Hoburg (1607–75), beeinflusst von Johannes Arndt, vertrat einen mystischen Spiritualismus. Der General Catalogue of Printed Books des Britischen Museums, London, (BM), notiert: *Christian Hochburg's Unbekannter Christus, das ist: Gründlicher Beweiß, daß die heutige sogenannte Christenheit ... den wahren Christum nicht recht kennen ...,* 1727.

17,27 *Freylingshausens Grundlegung:* Johann Anastasius Freylinghausen (1670–1739), Nachfolger Franckes in der Leitung des Pädagogiums und des Waisenhauses zu Halle. Seine *Grundlegung der Theologie* (1703) war weit verbreitet.

18,11 *Christus in uns:* Geläufige pietistische Vorstellung, die die spirituelle Erfahrung Christi im eigenen Seelengrunde meint.

18,12 *Durchbruche:* Spezifisch Franckesche Vorstellung, dass die Bekehrung nach schwerem Bußkampf in einem plötzlichen, erschütternden Akte des Durchbruchs der Gnade in der Seele vor sich gehe. Mit diesem – auf Tag und Stunde datierbaren – Durchbruch beginnt für den Menschen ein neues Leben; er ist »wiedergeboren«.

19,3 f. *Speners Predigten von der Wiedergeburt:* Philipp Jacob Spener (1635–1705), führende Gestalt des (älteren) Pietismus. Seine Berliner Predigten erschienen 1696 in Frankfurt am Main unter dem Titel: *Der hochwichtige Articul von der Wiedergeburt* ... – Vgl. Anm. zu 35,12.

19,28 *Böhmisten:* Anhänger Jacob Böhmes (1575–1624), des großen Görlitzer Mystikers. Böhme wurde von der Aufklärungspolemik gern mit den Pietisten in einen Topf geworfen, obwohl sein Einfluss durchaus begrenzt blieb.

Quäcker: Der mystische Spiritualismus der englischen, 1649 von George Fox gegründeten Gruppe der Quäker weist manche Verwandtschaft mit dem deutschen Pietismus auf. Die Gottschedin sieht hier den gleichen Geist des religiösen Sektierertums am Werk.

20,1 *Orthodoxen:* Orthodoxie ist im protestantischen Bereich die nachreformatorische dogmatisch streng gebundene Theologie. Für den Pietisten erscheint ein Orthodoxer leicht als der Verfechter einer starren kirchlichen Lehre, buchstabengläubig, rechthaberisch, auf ›Ketzermacherei‹ aus, ohne ein lebendiges inneres Glaubensleben.

20,21 f. *Fischbein-Rock:* Durch Fischbeinstäbe erweiterter und ausgesteifter Rock, Reifrock.

20,31 *Vetter:* Im 18. Jahrhundert auch im Sinne von »Verwandter«; hier für Oheim, Onkel.

22,10 *Hällische:* Halle war das Zentrum des Pietismus Franckescher Prägung. – Vgl. Anm. zu 35,25 f.

22,15 *die Wittenberger:* In der theologischen Fakultät der Universität Wittenberg gab die lutherische Orthodoxie den Ton an.

22,23 *Schrifft- und Bibel-Theologie:* Gemeint ist die orthodoxe lutherische Theologie, die statt auf ein subjektives Glaubenserlebnis das Gewicht auf die schriftgemäße Lehre legte.

23,6 *Löbenicht:* Stadtteil von Königsberg.

23,10 f. *Collegio Fridericiano:* Pietistisches Pädagogium in Königsberg.

23,16 f. *Neumeisters Priesterlichen Lippen:* Erdmann Neumeister (1671–1756), Pastor in Hamburg, war ein gefürchteter Gegner der Pietisten wie der Reformierten. Man schrieb ihm in Hamburg die Verfasserschaft an der *Pietisterey* zu. Gemeint ist seine Schrift *Priesterliche Lippen in Bewahrung der Lehre, oder Sonn- und Festtagspredigten des ganzen Jahres*, Hamburg 1730. (Nachgewiesen bei Heinsius, Allgemeines Bücher-Lexicon.)

23,25 *Natur und Gnade:* Unter dem Titel *Natur und Gnade, Oder der Unterschied der Wercke* erschien 1687 eine Schrift Speners (nachgewiesen in BM).

23,26 *Ichheit:* Bereits bei Luther, *Theologia Tauleri: Ichheit, und Selbstheit, das alles gehöret dem Teufel zu.*

24,22 f. *Fußstapffen der Wunder GOttes im Hällischen Wäysenhause:* Vgl. Anm. zu 17,19 f.

25,16–19 *inneren Funcken:* Bild für den Effekt der geheimnisvollen Berührung mit Gott im Seelengrund bzw. für den dort erfahrenen göttlichen Geist selbst, bereits der mittelalterlichen Mystik bekannt.

27,9 *Muhmen:* Im 18. Jahrhundert: weibliche Verwandte; hier für Nichte.

32,16 *Christus in uns ... Lauterkeit des Hertzens:* Typische Begriffe aus dem pietistischen Vorstellungsbereich.

32,22 *vier Theologische Responsa:* Antworten, Gegenschriften. »Vier« offenbar kein Druckfehler für »viel«: die französische Vorlage hat *quatre consultations d'avocats.*

32,30 *Wittenberg oder Rostock:* Gemeint: auf die theologischen Fakultäten in Wittenberg oder Rostock. Rostock war ähnlich wie Wittenberg orthodox-lutherisch bestimmt.

35,12 *Wiedergebohrner:* Charakteristischer pietistischer Begriff. In der »Wiedergeburt« wird der alte Adam, der sündhafte natürliche Mensch, abgelegt und ein neuer Mensch geboren. Luthers Rechtfertigung des Sünders durch Gottes Gnade im Glauben wird in der »Wiedergeburt« sozusagen erlebnishaft in der individuellen Seele erfahren. Der »Wiedergeborene« ist der erneuerte, nunmehr im Gnadenstande lebende Mensch.

35,13 *unsern Herren:* Gemeint sind die maßgeblichen Pietisten.

35,25 *Spenern:* Vgl. Anm. zu 19,3 f.

Taulern: Johann Tauler, Mystiker des 14. Jahrhunderts.

35,25 f. *Francken:* August Hermann Francke (1663–1727), die beherrschende Gestalt des halleschen Pietismus, Gründer des halleschen Waisenhauses und der angeschlossenen, weitgespannten missionarischen, pädagogischen und wirtschaftlichen Unternehmungen.

35,26 *Jacob Böhmen:* Vgl. Anm. zu 19,28.

36,19 *Calovianer:* Anhänger Abraham Calovs (1612–86), des sehr streitbaren, lutherischen Orthodoxen.

37,16 *Versammlungen:* Die besonderen Versammlungen – Konventikel – von Frommen außerhalb der Kirche, von Spener seit 1670 mit seinen »Collegia Pietatis« eingeführt, trugen den Pietisten den Vorwurf des Separatismus ein.

37,28 *Fechten:* Johann Fecht (1636–1716), lutherischer Orthodoxer. Joachim Lange (vgl. Anm. zu 38,13) hatte behauptet, er habe Spener die Seligkeit abgesprochen.

Wernsdorffen: Gottlieb Wernsdorf (1668–1728), lutherischer Orthodoxer in Wittenberg.

38,12 *Arnold:* Gottfried Arnold (1666–1714). Seine *Unpartheyische Kirchen- und Ketzerhistorie* (1699) nahm, die Orthodoxie herausfordernd, für die Mystiker, die »Ketzer« und Sektierer Partei.

38,12 f. *Petersen:* Johann Wilhelm Petersen (1649–1727), von Böhme beeinflusster pietistischer Theologe.

38,13 *Lange:* Joachim Lange (1670–1744), nach Francke prominenter Vertreter des halleschen Pietismus; Wortführer im Kampf gegen die Orthodoxie. Er war maßgeblich an der Vertreibung Christian Wolffs aus Halle (1723) beteiligt.

Gichtel: Johann Georg Gichtel (1638–1710), Vertreter eines mystischen Spiritualismus, gab, lange in den Niederlanden lebend, 1682 die erste Gesamtausgabe der Schriften Jacob Böhmers heraus.

40,1 *Andere:* zweite.

45,19–22 *Alles was die Natur … das ist Sünde:* Derartige Vorstellungen haben in bestimmten pietistischen Gruppen in der Tat dazu geführt, Ehen nicht auf persönliche »natürliche« Zuneigung zu gründen, sondern Ehepartner durch das Los bestimmen zu lassen.

45,26–31 *Ein Ungläubiger ... so sündigt sie:* Diese Auffassung findet in Kants rigoroser Pflichtenlehre, nach der gute Handlungen aus Neigung nicht wahrhaftig sittlich sind, ein fernes säkularisiertes Echo. Kant wuchs in Königsberg in pietistischem Milieu auf.

47,21 *Abrenuntio Satanas!:* Ich entsage dir, Satan!

50,27–51,1 *Hällischen Pädagogio:* Von Francke dem halleschen Waisenhaus angegliedertes Erziehungsinstitut.

51,24 *glückliche Vorbereitungen:* Gemeint: Vorbereitungen der Gnade zur Wiedergeburt.

53,27 f. *Wie kan ich ... Beystand der Gnade:* Luischen pariert hier Herrn Scheinfromm sehr geschickt. Die strenge Lehre, die jede Erfüllung einzig der göttlichen Gnade zuspricht (wiewohl dialektisch zugleich vom Menschen unermüdliches Ringen um das Heil gefordert ist, vgl. Philipper 2, 12–13), dient ihr dazu, alle Verantwortung für ihr Verhalten abzuschieben.

58,23 *Fleisch wird gecreutzigt:* Bild für die mortificatio, die Abtötung des »natürlichen«, sündigen Menschen, um den »neuen Menschen«, der »nach dem Geiste« lebt, erstehen zu lassen. Das Bild vom Begraben (oder Ersäufen) des »alten Adam« meint das gleiche.

61,16 f. *Völcker:* Gemeint: Kriegsvölker, Truppen.

62,10 *Quartier:* (Stadt-)Viertel.

62,10 f. *Tragheim ... Roß-Garten:* Stadtteile in Königsberg.

62,18 *Quartier:* Hier möglicherweise im Sinne von »Quartal«. Also: das zweite Vierteljahr von 1736.

62,26 f. *Endchen Licht:* Wohl im Sinne von »ein kleines Licht«, »kein großes Kirchenlicht«.

63,7 *mit der Bedingung gekrigt:* D. h. durch Ämterpatronage, an die finanzielle Bedingungen geknüpft waren.

63,14 *gebethen:* Hier wohl zweideutig zu verstehen.

65,12 f. *Hällischen Studenten:* Arme Theologiestudenten in Halle wurden in der Tat durch fromme Spenden unterhalten.

65,29 f. *Artzeney aus dem Wäysenhause:* Francke hatte dem halleschen Waisenhaus u. a. eine Apotheke angegliedert.

69,24 *Welschen Hahn:* Truthahn.

74,27 *Wohlstand:* Im 18. Jahrhundert im Sinne von »Anstand«, »Schicklichkeit«.

77,5 *dürffen:* Hier im Sinne von »brauchen«.

79,14 f. *Wiedergeburth:* Vgl. Anm. zu 35,12.

80,2–7 *Weil sie es … himmlische Wesen gebiehret:* Frau Glaubeleicht versucht sich hier in der Sprache Jacob Böhmes. Böhmes mystisch-theosophische Vorstellung von der »göttlichen Sophia« war u.a. von Petersen und Gottfried Arnold aufgenommen worden.

80,22–26 *Die Erbohrenwerdung … wie ein Rad:* Diese »Definition« arbeitet ebenfalls mehr mit Elementen der mystischen Spekulation. Sie bedient sich nicht eigentlich der Sprache des Pietismus, etwa Speners oder Franckes.

82,12–21 *Nach meiner Meynung … alle Dinge einbildet:* Für diese dritte, satirisch gleichfalls sehr wirksame »Erklärung« gilt analog das zur Anm. zu 80,22–26 Bemerkte.

89,8 *Frau Ehrlichen:* Hier und in der folgenden Szene verwendet die Vorlage stets »Ehrlichen«. Nur das Personenverzeichnis schreibt »Ehrlichin«.

90,22 *Nabern:* Nachbarin.

90,29 *Constorien:* Consistorium (lat. ›Versammlungsort, Beratungszimmer‹). Das Konsistorium bezeichnet in der katholischen Kirche die Plenarversammlung der Kardinäle, seltener auch ein bischöfliches Gericht. In Österreich und bestimmten evangelischen Landeskirchen werden so kirchliche Verwaltungsbehörden genannt.

92,2 *enhahlen:* einholen.

92,25–93,4 *Das ewige Licht … Liebe hinein:* Frau Seuffzerin und Frau Zanckenheimin bedienen sich hier wiederum – karikiert – mystischer Wendungen.

93,12 f. *neue schöne Sachen … Sehen Sie:* Bei der nachfolgenden langen Liste von Büchern und Traktaten handelt es sich (anders als bei Bougeant, der seinem jansenistischen Bücherkolporteur viele fingierte Titel zuschiebt) um tatsächlich erschienene Schriften. Die Titel sind im Allgemeinen korrekt wiedergegeben.

93,17–21 *Cantzeley-Rath Dippel … Friedrichsstadt 1736:* Johann Konrad Dippel (1637–1734), mystischer Pietist, radikaler Kämpfer gegen die kirchliche Orthodoxie; führte ein unstetes Leben. Er selbst nannte sich Christianus Democritus. Vulliod (s. Literaturverzeichnis) weist eine andere Ausgabe dieses Titels, Altona 1735, nach.

93,24 f. *Doctor Joach ... des Creutz-Reichs:* Heinsius, Allgemeines Bücher-Lexicon, notiert: Joachim Lange, *Gestalt des Kreuzreichs Christi in seiner Unschuld*, Halle 1713.

94,2 f. *Sintzendorffischen Schrifften:* Nicolaus Ludwig Graf von Zinzendorf (1700–60) war Begründer der Herrnhuter Brüdergemeinde. Die Schwärmereien und Absonderlichkeiten, die die Zinzendorfsche Richtung des Pietismus zeitigte, etwa der sogenannte »Blut- und Wunden-Kultus«, sind 1736 noch nicht voll entwickelt; die Gottschedin hätte sie ihrer Satire sicher nicht entgehen lassen.

94,4–10 *Geistliches Blumen-Gärtlein ... Leipzig 1735:* Der Katalog des BM notiert: *Geistliches Blumen-Gärtlein inniger Seelen; oder kurtze Schluss-Reimen, Betrachtungen und Lieder über allerhand Warheiten des innwendigen Christenthums ...* Dritte und vermehrte Edition. Nebst der Frommen Lotterie, 1738. – Die Vorlage schreibt fälschlich »Frauen-Lotterie« statt »Frommen-Lotterie«. – Es handelt sich um die berühmte Lieder- und Spruchsammlung Gerhard Tersteegens (1697–1769), des niederrheinischen, also aus dem reformierten Bereich stammenden Mystikers und Pietisten, der, unter dem Einfluss Gottfried Arnolds und der Mme de Guyon, zu den »Stillen im Lande« zählte. – Die »Frommen-Lotterie« ist eine nummerierte Sammlung von »Losen« aus vierzeiligen erbaulichen Sprüchen. Tersteegens »Geistliches Blumengärtlein« ist bis in unsere Tage wieder aufgelegt worden.

94,12–21 *Ursula Maria Zornin ... Waysen-Hauses 1734:* Ursula Maria Zorn, Verfasserin pietistischer Erbauungsschriften. Heinsius notiert eine andere Ausgabe dieses Titels, Berlin 1720.

94,25–95,2 *Der erste Tempel ... Anno 1720:* In dieser Form verzeichnet im Katalog des BM.

95,8 f. *Sammlung auserlesener Materien ... Leipzig 1736*: Nachgewiesen bei Holzmann-Bohatta, Deutsches Anonymenlexikon. Verfasser ist demnach Traugott Immanuel Jerichow.

95,11–14 *Jane Leade ... 1679:* Der Katalog des BM notiert eine englische Ausgabe: *A Fountain of Gardens, watered by the Rivers of Divine Pleasure, and springing up ... into a Paradise*, London 1969–1701. – Jane Leade oder Lead (1624–1704), englische Mystikerin, von Böhme beinflusst, gründete 1964 in Erwartung der nahen

Wiederkunft Christi die »Philadelphische Societät«. – Das »Diarium«, das Tagebuch, ist wie die Selbstbiographie eine charakteristische Form pietistischer Literatur. Es diente der ständigen gewissenhaften Beobachtung der eigenen Seelenvorgänge in der Vorbereitung auf das innere Erlebnis der Gotteserfahrung. Die weltliche Psychologie ist durch solche pietistische Seelenbeobachtung wesentlich angeregt worden. Repräsentativ für den Übergang zur weltlichen Psychologie ist Karl Philipp Moritz (1756–93) mit seinem *Magazin zur Erfahrungsseelenkunde.*

95,15–20 *Vorblick des Blicks ... 1735:* In dieser Form nachgewiesen bei Heinsius.

95,21–31 *Die Würtenbergische Tabea ... 1732:* Verfasser: Georg Conrad Rieger (Mälzer Nr. 2426). Zu Beata Sturm s. Carl Friedrich Ledderhose, *Beata Sturm, genannt die Würtembergische Tabea, nach ihrem Leben dargestellt,* Eisleben 1854.

96,1–25 *Die edle neutestamentische ... 1729:* Titel nachgewiesen bei Holzmann-Bohatta. Der Verfassername dort: Joachim Heinrich Ultzen.

96,26–97,13 *Die unerforschlichen Wege ... 1735:* Verfasser: Friedrich Christoph Oetinger (Mälzer Nr. 2096). – *Absonderung, Herrunterlassung* (des Geistes Gottes in die Seele) sind typische Begriffe aus der pietistischen Vorstellungswelt. *Condescendenz* hier wohl so viel wie eine ohne die Gnade eigenmächtig versuchte Begegnung mit Gott.

97,14–18 *Die Gespräche ... 1722:* Nachgewiesen bei Holzmann-Bohatta. Der Verfasser ist danach Peter Serarius.

97,19–22 *Arnolds Göttliche ... Samuel Walthern:* Der Katalog des BM verzeichnet denselben Titel mit der Angabe: Franckfurt am Mayn, 1698.

97,23–98,17 *GOtt allein ... 1710:* Titel nachgewiesen im Catalogue Général der Bibliothèque Nationale, Paris. Johannes Tennhardt (1661–1720), pietistischer Mystiker und »Enthusiast«. Die genannte Schrift enthält Tennhardts Selbstbiographie.

98,18–26 *Die Scheidung ... 1735:* Nach der Allgemeinen Deutschen Biographie (ADB) ist der Verfasser Victor Christoph Tuchtfeldt. Die 1. Ausgabe ist von 1724. – Tuchtfeldt (gestorben nach 1741) war ein unruhiger Schwarmgeist, der sich mit dem halleschen Pietismus überwarf.

98,27–99,19 *Von einem ... 4to:* Verfasser ist möglicherweise V. C. Tuchtfeldt (ADB). Zu Tuchtfeldt vgl. Anm. zu 98,18–26. – *Kephisch:* petrinisch; Kephas: Petrus, vgl. Joh. 1,42; 1. Kor. 1, 12. – *Philadelphier:* Unter den mystischen Spiritualisten beliebte Bezeichnung für den »wahren Christen« im Gegensatz zu den von »Babel« beherrschten Kirchenchristen.

99,20–28 *Der Philosophische ... 1736:* Titel von Vulliod bibliographisch nachgewiesen. – *Wertheimisches Bibelwerck:* Die sog. Wertheimer Bibelübersetzung – der 1. Teil erschien 1735 – war, von dem Wolffianer Lorenz Schmidt herausgegeben, eine freie Übertragung der 5 Bücher Mose im Geiste der Aufklärung. Dies ist übrigens der einzige aufgeführte Titel, der sich mit der Aufklärung auseinandersetzt.

99,30 f. *dieß Stück wird unsern Zeiten:* Es fällt auf, dass zahlreiche Titel des Bücherkrämers von 1734, 1735 oder gar 1736 datiert sind. Die Gottschedin führt hier also die neuesten Ausgaben pietistischer bzw. mystischer Literatur an.

100,3 *andern:* zweiten.

100,8–21 *Was mir am ... Amts-Eifer:* Wie man sieht, zögert die Gottschedin hier nicht, mit Joachim Lange einen noch lebenden Zeitgenossen unverblümt satirisch zu verspotten. Ein solcher direkter persönlicher Angriff ist für die Komödie der Aufklärung durchaus ungewöhnlich.

103,5 *Frau Petersen:* Johanna Eleonora Petersen, geb. von Merlau (1644–1724), die Frau Johann Wilhelm Petersens, zeitweilig im Briefwechsel mit Spener, Verfasserin von Erbauungsbüchern und einer Autobiographie.

Bourignon: Antoinette Bourignon (1616–80), aus katholischem Bereich stammende Theosophin und Mystikerin, vorwiegend in Holland lebend. Pierre Poiret gab viele ihrer Schriften heraus.

103,6 *Guion:* Jeanne Marie Bouvières de la Mothe Guyon (1640–1717), Vertreterin einer quietistischen Mystik, in Frankreich Verfolgungen ausgesetzt. Fénelon trat für sie ein. Ihre große religiöse Autobiographie ist ein Dokument subtilster Seelenbeobachtung.

103,9 *liesse:* aussehe, den Anschein habe.

104,9 *Leipzig:* In Leipzig, der Stadt, in der die Verfasserin der Komödie ansässig ist, hatte der Pietismus nach anfänglichen Erfolgen weder an der Universität noch unter der Bevölkerung recht Fuß fassen können.

107,11 f. *angestellter Karn:* Vgl. Adelung, *Versuch eines vollständigen grammatisch-kritischen Wörterbuches der hochdeutschen Mundart,* Leipzig 1775: *Es ist ein angelegter Karren, in der niedrigen Sprechart, für eine abgeredete Sache, ein abgeredeter Handel.*

112,8–12 *Sie haben ... abtritt:* Das bedeutet, dass Herr von Muckersdorff als Ehemann Luischens alsbald in den Besitz aller dieser Güter gelangen wird.

115,17 *Zeitung:* Nachricht, Neuigkeit.

117,22 *Acrostichon:* Gedicht, bei dem die Anfangsbuchstaben der einzelnen Verse ein Wort, im vorliegenden Falle *LUISCHEN*, ergeben. Zum Überfluss ist hier auch durch Hervorhebung von Buchstaben innerhalb jedes Verses (Mesostichon) der gleiche Name noch einmal bezeichnet.

124,13 f. *Saltzburgischen Geldern:* Offenbar gesammelte Geldmittel zur Unterstützung der 1731 um ihres protestantischen Glaubens willen vertriebenen Salzburger, die in großer Zahl in Ostpreußen Aufnahme gefunden hatten.

Literaturhinweise

Zeitgenössische Drucke

Köster und Buchwald sprachen von vier, Vulliod von drei, Brüggemann von zwei verschiedenen zeitgenössischen Drucken der *Pietisterey*. Wir sind indessen genötigt, mindestens acht verschiedene Drucke zu unterscheiden.

1. *Die Pietisterey im Fischbein-Rocke; Oder die Doctormäßige Frau. In einem Lust-Spiele vorgestellet.* Rostock, Auf Kosten guter Freunde. 1736. 160 Seiten. 8°. – Vermutlich der (von Breitkopf in Leipzig herausgebrachte) Originaldruck. Ihm folgt die vorliegende Ausgabe. Ein Exemplar in der Stadtbibliothek Berlin-Wilmersdorf, Bibliothek Geiger, Signatur G 2130.
2. [Gleicher Titel] Rostock 1736. 160 Seiten. 8°. – Besonderes Kennzeichen: Im Personenverzeichnis fehlt »Herr Liebmann, Bräutigam der Jfr. Luischen«. Ein Exemplar in der Bibliothek des Freien Deutschen Hochstifts, Frankfurt am Main. Diese Ausgabe, von Buchwald und Köster ohne nähere Begründung als »ganz elender Nachdruck« bezeichnet, lag dem von A. Vulliod besorgten, mit der französischen Vorlage konfrontierten Neudruck zugrunde.
3. [Gleicher Titel] Rostock 1736. 152 Seiten. 8°. – Besonderes Kennzeichen: Die Ausgabe schreibt durchgehend »Aufftritt« statt »Auftritt« sowie »Luisgen« statt »Luischen« und »Dorgen« statt »Dorchen«. Dass die originale Schreibweise »Luischen« lauten muss, ergibt sich eindeutig aus dem Akrostichon in V 7. Die Ausgabe diente dem von R. Buchwald und A. Köster besorgten Neudruck zur Vorlage. Ein Exemplar ist zurzeit nicht nachweisbar.
4. [Gleicher Titel] Rostock 1736. 160 Seiten. 8°. – Besonderes Kennzeichen: Die Ausgabe hat im Personenverzeichnis »Catharine« statt »Cathrine«, in I 1 »Romain« statt »Roman«, in I 2 »Pietisterlichen Lippen« statt »Priesterlichen Lippen«, in IV 6 »Kevhisch« statt »Kephisch«, in V 2 »Vetter« statt »Vater« und »Anwesenheit«

statt »Abwesenheit«. Offenbar ein schlechter Nachdruck. Ein Exemplar in der Universitätsbibliothek Rostock.

5. [Gleicher Titel] Rostock 1737. 160 Seiten. 8°. – Besonderes Kennzeichen: beigedruckt, mit weiterlaufender Paginierung S. 161–174: *Muffel der Neue Heilige.* Ein Exemplar in der Universitätsbibliothek Rostock.
6. [Gleicher Titel] Rostock 1737. 144 Seiten. 8°. – Besonderes Kennzeichen: Das Personenverzeichnis schreibt statt »Jacob, ein Pietistischer Bücher-Krämer«: »Jacob Michel, ein Pietistischer Bücher-Krämer«. Ein Exemplar in der Landesbibliothek Weimar.
7. [Gleicher Titel] Rostock 1737. Seitenzahl und Format nicht zu ermitteln. – Diese Ausgabe diente dem Neudruck von E. Brüggemann zur Vorlage. Besonderes Kennzeichen: Die Ausgabe weist fast alle Fehler von Nr. 4 auf, hat ferner in IV 4 »Nackertüg« statt »Rackertüg«, in IV 8 »Streit der Orthodoxen« statt »Streich der Orthodoxen«, in V 7 »Referenz« statt »Reverentz« sowie weitere sinnstörende Fehler. Die schlechteste zeitgenössische Ausgabe, offenbar der bereits verderbten Ausgabe Nr. 4 nachgedruckt. Ein Exemplar ist zurzeit nicht nachweisbar. Brüggemann gab an, ein Exemplar aus Rostock benutzt zu haben.
8. *Die Pietisterey im Fischbeinrocke.* Rostock 1751. – Nach Wilhelm Heinsius, *Allgemeines Bücher-Lexicon*, Bd. 3, S. 187. Heinsius gibt als tatsächlichen Verlagsort Coburg und als Verleger den Namen Ahl an. Ein Exemplar ist nicht nachweisbar.

Neudrucke

Reinhard Buchwald / Albert Köster (Hrsg.): Die Lustspiele der Gottschedin. 2 Bde. Leipzig 1908/09. (Leipziger Bibliophilen-Abend, gedruckt in 99 Exemplaren.) – Die Pietisterey in Bd. 1, S. 441–573. Zur Vorlage diente der zeitgenössische Druck Nr. 3.

A. Vulliod: La Femme Docteur. Mme Gottsched et son modèle français Bougeant ou Jansénisme et Piétisme. Lyon/Paris 1912. (Annales de l'Université de Lyon. N. S. 2. Fasc. 23.) – Es handelt sich um eine Parallelwiedergabe des zeitgenössischen Drucks

Nr. 2 und der französischen Vorlage, mit Einleitung und Kommentar.
Fritz Brüggemann (Hrsg.): Gottscheds Lebens- und Kunstreform in den zwanziger und dreißiger Jahren. Leipzig 1935. (Deutsche Literatur [...] in Entwicklungsreihen. Reihe Aufklärung. Bd. 3.) – Die Pietisterey auf S. 137–215. Zur Vorlage diente der zeitgenössische Druck Nr. 7.

Forschungsliteratur

Gottsched, Louise Adelgunde Victorie: Sämmtliche Kleineren Gedichte nebst dem [...] ihr gestifteten Ehrenmaale und ihrem Leben. Hrsg. von ihrem hinterbliebenen Ehegatten. Leipzig 1763.
Gottsched, Louise Adelgunde Victorie: Briefe. Hrsg. von Dorothee Henriette von Runckel. Tl. 1–3. Dresden 1771–73.

Aikin-Sneath, Betsy: Comedy in Germany in the first half of the eighteenth century. Oxford 1936.
Bannasch, Bettina: Von Menschen und Meerkatzen. Luise Adelgunde Victorie Gottscheds *Pietisterey im Fischbein-Rocke*. In: Pietismus und Neuzeit. Ein Jahrbuch zur Geschichte des neueren Protestantismus 35 (2009) S. 253–268.
Blackwell, Jeannine: Weibliche Gelehrsamkeit oder die Grenzen der Toleranz. Die Fälle Karsch, Naubert und Gottsched. In: Lessing und die Toleranz. Hrsg. von Peter Freimark, Franklin Kopitzsch und Helga Slessarer. Detroit/München 1986. (Lessing Yearbook. Sonderband.) S. 325–339.
Brüggemann, Diethelm: Die sächsische Komödie. Studien zum Sprachstil. Köln 1970.
Bryan, George B. / Richel, Veronica C.: The Plays of Luise Gottsched: A Footnote to German Dramatic History. In: Neuphilologische Mitteilungen 78 (1977) S. 193–201.
Buchwald, Reinhard: Frau Gottsched. In: Deutsche Rundschau 148 (1911) S. 434–440.
Catholy, Eckehard: Luise Gottsched. Das Lustspiel als Exempel der

Lustspieltheorie. In: E. C.: Das deutsche Lustspiel von der Aufklärung bis zur Romantik. Stuttgart 1982. S. 20–33.

Consentius, Ernst: Frau Gottsched und die preußische Gesetzgebung. In: Preußische Jahrbücher. Bd. 112. Berlin 1903. S. 288–307.

Creizenach, Wilhelm: Zur Entstehungsgeschichte des deutschen Lustspiels. Halle 1879.

Critchfield, Richard: Beyond Luise Gottsched's *Die Pietisterey im Fischbein-Rocke oder die Doctormäßige Frau*. In: Jahrbuch für Internationale Germanistik 17 (1985) H. 2. S. 112–120.

Friederici, Hans: Das bürgerliche Lustspiel der Frühaufklärung (1736–1750) unter besonderer Berücksichtigung seiner Anschauungen von der Gesellschaft. Halle 1957.

Hagen, August: Über Louise Adelgunde Victoria Gottsched, geb. Kulmus. In: Neue Preußische Provinzial-Blätter (Königsberg) 3 (1847) S. 262–274, 372–383, 452–469.

Hinck, Walter: Das deutsche Lustspiel des 17. und 18. Jahrhunderts und die italienische Komödie. Stuttgart 1965.

Hinrichs, Carl: Der hallesche Pietismus als politisch-soziale Reformbewegung des 18. Jahrhunderts. In: Jahrbuch für die Geschichte Mittel- und Ostdeutschlands. Bd. 2. Tübingen 1953. S. 177–189.

Holl, Karl: Geschichte des deutschen Lustspiels. Leipzig 1923.

Kaiser, Nancy: In Our Own Words: Dramatizing History in L. A. V. Gottsched's *Pietisterey im Fischbein-Rocke*. In: Thalia's Daughters. German Woman Dramatists from the Eighteenth Century to the Present. Hrsg. von Susan L. Cocalis und Ferrel Rose. Tübingen/Basel 1996. S. 5–16.

Kaminski, Nicola: Gottsched/in oder Umwege weiblicher Autorschaft: *Die Vernünftigen Tadlerinnen – Die Pietisterey im Fischbein-Rocke; Oder die Doctormäßige Frau – Herr Witzling*. In: Anonymität und Autorschaft. Zur Literatur- und Rechtsgeschichte der Namenlosigkeit. Hrsg. von Stephan Pabst. Berlin [u. a.] 2011. (Studien und Texte zur Sozialgeschichte der Literatur. 126.) S. 89–127.

Koch, Max: Gottsched und die Reform der Literatur im 18. Jahrhundert. Hamburg 1887.

Köster, Albert: Von der Critischen Dichtkunst zur Hamburgischen Dramaturgie. In: Festschrift Johannes Volkelt zum 70. Geburtstag. München 1918. S. 58–86.

Koopmann, Helmut: *Die Pietisterey im Fischbeinrocke* und der Sieg der Vernunft über die Unvernunft in der Komödie der Gottschedzeit. In: H. K.: Drama der Aufklärung. Kommentar zu einer Epoche. München 1979. S. 78–83.

Langen, August: Der Wortschatz des deutschen Pietismus. Tübingen 1954.

Mälzer, Gottfried: Die Werke der württembergischen Pietisten des 17. und 18. Jahrhunderts. Verzeichnis der bis 1968 erschienenen Literatur. Berlin 1971.

Mahrholz, Werner (Hrsg.): Der deutsche Pietismus, eine Auswahl von Zeugnissen, Urkunden und Bekenntnissen aus dem 17., 18. und 19. Jahrhundert. Berlin 1921.

Martens, Wolfgang: Officina Diaboli. Das Theater im Visier des halleschen Pietismus. In: W. M.: Literatur und Frömmigkeit in der Zeit der frühen Aufklärung. Tübingen 1989. S. 24–49.

– Hallescher Pietismus und schöne Literatur. In: W. M.: Literatur und Frömmigkeit in der Zeit der frühen Aufklärung. Tübingen 1989. S. 76–181.

Richel, Veronica C.: Luise Gottsched. A reconsideration. Bern / Frankfurt a. M. 1973.

Ritschl, Albrecht: Geschichte des Pietismus. 3 Bde. Bonn 1880–86.

Ruttmann, Irene: Luise Adelgunde Victorie Gottsched. In: Deutsche Dichter. Leben und Werk deutschsprachiger Autoren. Hrsg. von Gunter E. Grimm und Frank Rainer Max. Bd. 3. Stuttgart 1988. S. 80–87.

Sanders, Ruth H.: Ein kleiner Umweg. Das literarische Schaffen der Luise Gottsched. In: Die Frau von der Reformation zur Romantik. Hrsg. von Barbara Becker-Cantarino. Bonn 1980. S. 170–194.

Schlenther, Paul: Frau Gottsched und die bürgerliche Komödie. Ein Kulturbild aus der Zopfzeit. Berlin 1886.

Schmidt, Martin: Wiedergeburt und neuer Mensch. Gesammelte Studien zur Geschichte des Pietismus. Witten 1969.

Sommerfeldt, Gustav: Die Übertragung des Pietismus von Halle nach Löbenicht-Königsberg. In: Zeitschrift für Kirchengeschichte 34 (1913) S. 106–110; 36 (1915/16) S. 123–153; 37 (1918) S. 443–463.

Steinmetz, Horst: Die Komödie der Aufklärung. 2., durchges. und bibliogr. erg. Aufl. Stuttgart 1971. (Sammlung Metzler. Bd. 47.)

Waniek, Gustav: Gottsched und die deutsche Literatur seiner Zeit. Leipzig 1897.

Waters, Michael: Frau Gottsched's *Die Pietisterey im Fischbein-Rocke*. Original, adaption of translation? In: Forum for Modern Language Studies 11 (1975) S. 252–267.

Wicke, Günter: Die Struktur des deutschen Lustspiels der Aufklärung. Versuch einer Typologie. Bonn 1965.

Witkowski, Georg: Geschichte des literarischen Lebens in Leipzig. Leipzig/Berlin 1909.

Zeittafel

1700	2. Februar: Johann Christoph Gottsched in Juditten bei Königsberg geboren.
1713	11. April: Luise Adelgunde Victorie Kulmus als Tochter des Arztes Dr. Johann Georg Kulmus in Danzig geboren.
1723	Christian Wolff auf pietistisches Betreiben aus Halle verjagt.
1724	Gottsched als junger Magister nach Leipzig.
1725/26	*Die Vernünftigen Tadlerinnen*, Moralische Wochenschrift, hrsg. von Gottsched.
1727	Gottsched wandelt die »Teutschübende Poetische Gesellschaft« in Leipzig um zur »Deutschen Gesellschaft«.
1729	Gottsched lernt in Danzig die sechzehnjährige Adelgunde Kulmus kennen. Fortan Briefwechsel.
1730	Gottsched, *Versuch einer critischen Dichtkunst vor die Deutschen.* Gottsched wird a. o. Professor für Poesie und Beredsamkeit an der Universität Leipzig.
1732	Erste Erwähnung von Bougeants *La Femme Docteur* durch Adelgunde Kulmus.
1732–44	*Beyträge zur critischen Historie der deutschen Sprache, Poesie und Beredsamkeit* (abgekürzt: *Critische Beyträge*), hrsg. von Gottsched.
1734	Gottsched, *Erste Gründe der gesammten Weltweisheit*, 2 Teile. Gottsched wird o. Professor für Logik und Metaphysik. – Verlobung.
1735	19. April: Hochzeit in Danzig. – 14. Mai: Adelgunde als Frau Gottsched in Leipzig.
1736	*Die Pietisterey im Fischbein-Rocke* erscheint anonym.
1739–43	*Der Zuschauer*, Übersetzung des englischen *Spectator* in 9 Bänden.
1740	Beginn der offenen Auseinandersetzung zwischen Gottsched und den Schweizern.
1740–45	*Die Deutsche Schaubühne nach den Regeln der alten Griechen und Römer eingerichtet*, 6 Bände.
1741–44	*Peter Baylens Historisches und Critisches Wörterbuch*, Über-

setzung von Pierre Bayles *Dictionnaire historique et critique*, 4 Foliobände.

1743 *Die ungleiche Heyrath*, Lustspiel.

1744 *Die Hausfranzösinn oder die Mammsell*, Lustspiel. – *Herrn Alexander Popens Lockenraub*, übersetzt aus dem Englischen.

1745 *Das Testament*, Lustspiel. – *Der Witzling*, Nachspiel. – *Der Aufseher oder Vormund*, Übersetzung des engl. *Guardian*, 2 Bände. – Gellert, *Die Betschwester*, erste rührende Komödie der deutschen Literatur.

1748 Klopstock, *Der Messias*, Gesang 1–3.

1749 Wienreise des Ehepaars Gottsched, Empfang bei Maria Theresia.

1755 Lessing, *Miss Sara Sampson*, erstes deutsches »bürgerliches Trauerspiel«.

1762 26. Juni: Luise Adelgunde Victorie Gottsched in Leipzig gestorben.

1766 12. Dezember: Johann Christoph Gottsched in Leipzig gestorben.

Nachwort

Luise Adelgunde Victorie Gottsched, die »Gottschedin«, trägt den Namen ihres Mannes – des Mannes, der ein großer Reformer und ein strenger Schulmeister im Lehrfach der deutschen Sprache, Poesie und Beredsamkeit war und dem die folgende Generation Gerechtigkeit nicht widerfahren lassen konnte. Auch uns Heutigen will, denken wir an den körperstarken Leipziger Professor, der es fünfmal zum Rector Magnificus brachte, an den selbstbewussten Streiter für Vernunft, Moral und Regelmaß in der Literatur, den ambitiösen Senior der Leipziger »Deutschen Gesellschaft«, den arbeitsamen Verfasser und Herausgeber einer ansehnlichen Zahl von Zeitschriften, Übersetzungen und gelehrten Werken, auch uns will der Name Gottsched bei allem Respekt nicht eben sehr anziehend erscheinen. Dass indessen auch eine Frau diesen Namen führte, ändert die Sache. Die weibliche Trägerin des Namens Gottsched macht, dass uns dieser Name auch menschlich-sympathisch klingen kann.

Luise Adelgunde Victorie Kulmus wurde 1713 als Tochter eines Arztes in Danzig geboren; der Vater stammte aus Breslau, die Mutter aus einer Augsburger Patrizierfamilie. Das begabte Mädchen wuchs im Hause seiner Eltern auf, lernte hier früh Französisch und – was zu Beginn des 18. Jahrhunderts auch in Hansestädten noch selten war – Englisch, zeigte musikalische Neigungen am Klavier und auf der Laute und erhielt außer der obligatorischen geistlichen Unterweisung privaten Unterricht in Geographie und Geschichte, im Zeichnen und in der Poesie. Als der neunundzwanzigjährige Magister Gottsched 1729 bei einem Besuch in Danzig die Sechzehnjährige kennenlernt, erbittet er sich von den Eltern die Erlaubnis zu einem Briefwechsel mit ihr. Die junge Korrespondentin wird aus Leipzig zu weiterer Beschäftigung mit den schönen Wissenschaften angeleitet und wohlbedacht mit nützlicher Lektüre versorgt. 1734 – Gottsched ist ordentlicher Professor der Weltweisheit geworden – verlobt man sich. Im Mai 1735 zieht Adelgunde als junge Frau Gottsched nach Leipzig.

In Leipzig bildet sich die Gottschedin weiter und nimmt alsbald am literarischen Leben und an den Bestrebungen ihres Mannes tätigen Anteil. Sie folgt, hinter der Tür zum anstoßenden Hörsaal lauschend (dem ›Frauenzimmer‹ war der Zutritt zu Vorlesungen versagt), den Gottsched'schen Ausführungen zur Weltweisheit, zur Poesie und Beredsamkeit. Sie nimmt Unterricht im Lateinischen. Sie schreibt Rezensionen für die *Critischen Beyträge*. Sie redigiert, registriert, kopiert Briefe, liest Korrektur, ordnet die Bibliothek, übersetzt und dichtet selbst – sie wird, mit einem Worte, Sekretärin, Assistentin und Hauptmitarbeiterin ihres stets geschäftigen Mannes – seine »geschickte Freundin«, wie er sich auszudrücken pflegte –, und dies, da ihrer Ehe Kinder versagt bleiben, schließlich bis ans Ende ihres Lebens. – Die Gottschedin ist so beispielsweise als Übersetzerin wesentlich an der Verdeutschung des großen Bayleschen *Dictionnaire* beteiligt, sie hat den größten Anteil an der vortrefflichen vollständigen Übersetzung von Addisons und Steeles *Spectator*, des berühmten Vorbilds aller Moralischen Wochenschriften; ihre Übersetzung ist als *Der Zuschauer* fast ein deutscher Klassiker geworden. Ihr ist die Eindeutschung auch des *Guardian* zum *Aufseher oder Vormund* zu danken. Ihre Intelligenz und ihr feines

Sprachgefühl kommen der Übersetzung von Marivaux' *Paysan parvenu* und Popes *Rape of the Lock* zugute. Namentlich aber übernimmt sie im Sinne der Theaterreform ihres Gatten das Ressort Komödie und sorgt mit Übersetzungen (u.a. Molière, Destouches, Voltaire), aber auch mit Bearbeitungen und mit eigenen Stücken für spielbare regelmäßige Lustspiele, die dem Repertoire einer gereinigten deutschen Schaubühne zugutekommen. Ihre eigenen Lustspiele – *Die ungleiche Heyrath, Die Hausfranzösin, Das Testament, Der Witzling* – zeugen von einer bemerkenswerten satirischen Ader, von Witz und insgesamt von einem dichterischen Talent, das den dramatischen Fähigkeiten ihres Ehemanns überlegen ist. Ihre Stücke sind es, die die sogenannte Sächsische Komödie begründet haben, welche dann von Johann Christian Krüger, Mylius, Uhlich, Quistorp, Borkenstein und Fuchs, Gellert, Joh. Elias Schlegel, Lessing und Weiße weitergeführt wird.

Am unmittelbarsten und menschlich bewegend indessen spricht die Gottschedin zu uns in ihren Briefen. Diese Briefe, von ihrer Freundin Henriette von Runckel nach ihrem Tode herausgegeben, spiegeln einen beweglichen Geist, Klugheit und Charakterfestigkeit, sicheren Geschmack und ein empfindliches Herz. Sie berichten von der höchsten Auszeichnung, die dem Paare durch die Liebenswürdigkeit Maria Theresias beim Empfang am kaiserlichen Hofe in Wien (1749) zuteilwurde, sie sprechen aber auch von den Demütigungen, die der Gottschedin an der Seite ihres Gemahls seit der Literaturfehde mit den Schweizern und den Klopstockianern nicht erspart blieben, und sie verhüllen kaum, wie im Tiefsten fremd sie ihrem robusten Ehepartner geblieben ist – einsam und innerlich verletzt in den späteren Jahren, der Last der ihr aufgetragenen Arbeiten physisch allmählich erliegend. Sie stirbt am 26. Juni 1762, neunundvierzigjährig.

Zu unserem Stück. *Die Pietisterey im Fischbein-Rocke* ist – die Bearbeitung einer französischen Vorlage – der erste praktische Beitrag der Gottschedin zur Begründung einer nach den Vorstellungen ihres Gatten regelmäßigen literarischen Komödie in Deutschland. Bereits 1732 war das französische Original des Guillaume-Hyacinthe Bougeant (1690–1743) in ihren Händen. Sie schreibt am 30. Mai 1732 aus Danzig an Gottsched: »Sie verlangen meine Meynung über die Schrift: *La Femme Docteur ou la Théologie Janseniste tombée en Quenouille*? Ich finde viel Ähnlichkeit unter den französischen Jansenisten und den deutschen heuchlerischen Frömmlingen. Weder die einen noch die andern haben meinen Beifall.« – Vier Jahre später erscheint ihre Bearbeitung der *Femme Docteur* anonym und mit dem fingierten Druckort *Rostock* auf dem Büchermarkt. Die Gottschedin ist zu dieser Zeit dreiundzwanzigjährig.

Der Professor hat nach ihrem Tode über die näheren Umstände in der Lebensbeschreibung seiner Gattin berichtet:

> »Um diese Zeit war in Frankreich oder Holland, die so betitelte *Femme Docteur, ou la Théologie Janseniste tombée en Quenouille* herausgekommen; ein leichtfertiges Schauspiel, womit die Jesuiten die Jansenisten in Paris eingetrieben hatten. Die Wohlsel. hatte in ihrer Jugend eine Brut von solchen Frömmlingen gekannt, die sich auch in die Häuser klugseynwollendes Frauenzimmers eingeschlichen, um sie unter dem Scheine der Andacht

zu gewinnen, und zum Behufe ihrer Herrschsucht, zu misbrauchen. Bey Durchlesung dieser Komödie glaubte sie, sehr viel Ähnlichkeit zwischen diesen häuchlerischen Seelenbrüdern, und den französischen Jansenisten zu bemerken: und da sie die Künste und Lebensart von jenen noch in frischem Angedenken hatte, meynte sie vielen einen heilsamen Dienst zu thun, wenn sie die Abscheulichkeit boshafter Absichten und Verführungen, auch in unserer Muttersprache bekannt machen möchte. Sie begnügte sich aber nicht mit einer blossen Übersetzung, wie es Terenz mit Menanders Stücken gemachet hatte; sondern änderte Namen und Umstände dergestalt, dass diese ihre Nachahmung ein auf deutschem Boden gewachsenes Original zu seyn schien. Sie betitelte es: *Die Pietisterey im Fischbeinrocke*, und es gelung ihr damit so gut; daß eine Menge von Lesern, die es in Hamburg gedruckt erblickten, es keinem unberühmtern Schriftsteller, als dem berühmten Pastor Neumeister, zueignete; dessen Eifer wider die Pietisten, sich sonst schon auf mehr als eine Art beissend genug erwiesen hatte. Desto mehr Aufsehen machte nun dieß Stück in ganz Deutschland. An etlichen Orten, wo die Leute von dieser Art, die Hand mit am Ruder hatten, ward es weggenommen, verbothen, und fast für unehrlich erkläret: dahingegen unzähliche einsehende und wohlgesinnte Theologen es für sehr nützlich und geschickt hielten, die schleichende Muckerey der Kopfhänger, und die quäkerische Dummheit vieler Phantasten auszurotten. Es ist auch kein Zweifel, daß dieß Schauspiel, der damals sehr mächtigen Pietisterey, einen empfindlichen Stoß gegeben; und sie durch die Waffen des Auslachenswürdigen so kräftig bestritten: als Cervantes, durch seinen *Don Quixote*, die Ritterbücher in Spanien, und Corneille, durch seinen *Berger extravagant*, die Schäferromane in Frankreich niedergeschlagen hatte.«[1]

In der Tat hat das Stück Aufsehen gemacht. Das Original war nicht, wie vorgegeben, »auf Kosten guter Freunde« in Rostock, sondern, wie die Geschäftsbücher des Verlages auswiesen, bei Breitkopf in Leipzig herausgekommen und hatte alsbald eine Reihe von Nachdrucken nach sich gezogen. Dass das Stück aus der Feder der Gottschedin stamme, erfuhr die Öffentlichkeit erst nach ihrem Tode; es ist als einziges nicht in Gottscheds sechsbändige *Deutsche Schaubühne* (1740–45), eine Mustersammlung von Lust-, Trauer- und Schäferspielen – Übersetzungen und Originalen –, aufgenommen worden, während die anderen dramatischen Arbeiten der Gottschedin dort figurieren. Die Verheimlichung der Verfasserschaft hatte ihre guten Gründe. In Hamburg hatte man dem für den Autor gehaltenen Pastor Neumeister die Fenster eingeworfen. In Königsberg erregte das Stück Empörung; alle Exemplare wurden beschlagnahmt, das Lesen des Stückes verboten; der Buchhändler Kanter wurde wegen des Verkaufs zur Rechenschaft gezogen. Ähnlich in Berlin. König Friedrich Wilhelm I. persönlich nannte das Stück in einer Kabinettsordre vom Februar

1 *Leben der weil. hochedelgebohrnen, nunmehr sel. Frau, Louise Adelgunde Victoria Gottschedinn, geb. Kulmus, aus Danzig*, in: *Der Frau Louise Adelgunde Victoria Gottschedinn, geb. Kulmus, sämmtliche Kleinere Gedichte nebst dem … ihr gestifteten Ehrenmaale, und ihrem Leben*, herausgegeben von ihrem hinterbliebenen Ehegatten, Leipzig 1763, unpag.

1737 »eine recht gottlose SchmähSchrifft« und ein »abominables pasquille«. Sämtlichen Buchführern der Stadt wurde der Verkauf »der scandaleusen SchmäheSchrifft wieder die Halleschen Theologos verbohten«, die vorgefundenen Exemplare wurden versiegelt. Der Buchhändler J. A. Rüdiger, der als Erster das Lustspiel als Neuerscheinung für vier Groschen ausgeboten hatte, wurde verhört, und da er angegeben hatte, das Stück sei einmal in Coburg und ein anderes Mal in Hamburg beim Ratsbuchdrucker König gedruckt worden, so musste der diplomatische Vertreter Preußens beim Hamburger Rat Beschwerde führen und auf *eclatante satisfaction* Antrag stellen. Ja, die *Pietisterey* wurde zum Anlass, ein neues, strenges preußisches Zensuredikt über den Druck, die Einfuhr und die Verbreitung von Schriften zu entwerfen. Die dramatische Satire der jungen Frau Gottsched hatte sich als hochbrisant erwiesen.

Das Stück spielt im zeitgenössischen Königsberg, einer Stadt, die gerade in den dreißiger Jahren des 18. Jahrhunderts ein Hauptsitz des in Preußen vom König begünstigten Pietismus war. Die Handlung ist verhältnismäßig einfach: Während der zweijährigen Abwesenheit des Hausherrn haben Pietisten Einfluss auf das Haus der Frau Glaubeleicht erlangt. Der Magister Scheinfromm gedenkt ihn zu nützen, indem er die vorgesehene Heirat zwischen Herrn Liebmann und Luischen, der jüngeren Tochter des Hauses, hintertreibt, an die Stelle des Bräutigams seinen Verwandten, den Herrn von Muckersdorff, setzt und einen Ehekontrakt ausarbeitet, der das gesamte Vermögen der Familie Glaubeleicht seinem Verwandten überschreibt. Der böse Plan wird im letzten Moment durch das Eingreifen eines Schwagers, des Herrn Wackermann, durchkreuzt, die Heuchelei des Magisters Scheinfromm entlarvt, Frau Glaubeleicht sind die Augen geöffnet, und der Heirat des liebenden Paars steht nichts mehr im Wege.

In diesen Handlungsumriss fügen sich, unter Herbeiziehung von allerlei Nebenfiguren, Szenen, in denen satirisches Salz reichlich ausgestreut werden kann: Die Damen Glaubeleicht, Seuffzerin und Zanckenheim halten eine theologische Versammlung und geraten über die Definition der »Wiedergeburt« in Streit; eine pietistische Almosensammlerin spricht vor und gibt aufschlussreiche Kommentare zu den Positionen in ihrer Spendenliste; der Bücherkolporteur der Pietisten rückt mit erbaulichen Schriften an, deren absonderliche Titel des Langen und Breiten vorgelesen werden; Frau Ehrlichin, eine einfache Frau aus dem Volke, erscheint und bezichtigt den Magister Scheinfromm im schönsten heimischen Dialekt des Verführungsversuchs an ihrer Tochter, seiner Konfirmandin; Herr von Muckersdorff schließlich beglückt Luischen mit einem albernen Akrostichon-Gedicht.

Das Stück ist in fünf »Handlungen« eingeteilt; es spielt in wenigen Stunden eines Tages; der Schauplatz ist stets der gleiche: das Haus der Glaubeleichtin; das Milieu ist bürgerlich. – All dies entspricht den Forderungen Gottscheds an die Komödie in seiner *Critischen Dichtkunst* (1730), mit denen er die Verwahrlosung des deutschen Theaters zu steuern gedachte. Auch die »Schreibart« ist, der *Critischen Dichtkunst* gemäß, nicht gekünstelt, nicht pathetisch, sondern »natürlich« gehalten; man spricht nicht in Versen und bedient sich (sofern nicht besonderes pietistisch-mystisches Sprachgebaren an den Tag zu legen ist) der Redensarten des täglichen Umgangs, wobei man sich – das ist auch in anderen Stücken der Gottschedin zu beobachten – bisweilen derbere Interjektionen wie »*Zum Hencker!*« (vgl. etwa S. 18, 37, 71) nicht verkneift.

Lustige Personen, Possenreißer oder gar Hanswurst, Harlekin und Skaramuz, die »durch bunte Wämser, wunderliche Posituren und garstige Fratzen den Pöbel zum Gelächter reizen« (wie es, die bisherigen Zustände an den deutschen Bühnen beklagend, bei Gottsched heißt), stehen nicht im Personenverzeichnis. Das Lächerliche liegt, wie die *Dichtkunst* es vorschreibt, nicht in närrischen Kleidungen, in Possenhaft-Unflätigem, im Wortwitz oder in Gebärden, sondern in den »Sachen«; es fällt mit dem »Lasterhaften« zusammen, dem Unvernünftigen, Ungereimten, gesellschaftlich Abgeschmackten, das dem Publikum zur Belehrung und Besserung vorzustellen ist. Die handelnden Personen sind entsprechend »moralische Charaktere« – Typen, die moralische Eigenschaften verkörpern; schon die »sprechenden Namen«: Magister Scheinfromm, Frau Zanckenheimin, Herr Wackermann, weisen auf diese Typenhaftigkeit, die den Figuren der frühen Sächsischen Komödie durchweg eignet. – Die *Pietisterey* intendiert damit, dem Konzept Gottscheds gemäß, die Schaubühne als lehrhaft-moralische Anstalt: Die Gesellschaft erhält hier ihren Spiegel vorgehalten, der, belustigend und erbaulich zugleich, den Zuschauer vom Unvernünftigen und Lasterhaften befreien und zur Tugend führen soll. Das Stück verkörpert den für die frühe Aufklärung charakteristischen Typus der »regelmäßigen« satirischen Verlachkomödie.

Freilich, die *Pietisterey* beruht auf einer französischen Vorlage, und wenn wir uns diese näher ansehen, so ergibt sich, dass Regelmäßigkeit und moralisch-satirischer Gehalt bereits diese Vorlage auszeichnen und dass darüber hinaus auch Personal und Handlung sehr weitgehend hier schon vorgegeben sind. Die Gottschedin hat ein französisches Stück, das in der Anlage dem Komödienbegriff Gottscheds entsprach, in toto übernommen und nur, freilich sehr geschickt, auf deutsche Verhältnisse eingerichtet. Von einem deutschen »Original« wird man, wenn man den Paralleldruck der *Pietisterey* mit der *Femme Docteur* bei A. Vulliod studiert hat, schwerlich sprechen können.

Das – ebenfalls anonym herausgebrachte – Stück des Bougeant, 1730 vorgeblich in Liège, tatsächlich in Lyon erschienen und wie die *Pietisterey* des Öfteren nachgedruckt, spielte in Paris im Hause einer Madame Lucrèce. Géronte, der Hausherr, ist auf Reisen. Monsieur Bertaudin, ein Jansenist, von Mme Lucrèce blind verehrt, will unterdessen seinem Neffen, M. de la Bertaudinière, die mit Éraste versprochene Tochter des Hauses, Angélique, zuschanzen und ebenfalls zugleich das ganze Vermögen der Familie. Cléante, der Bruder Gérontes, macht der Schurkerei noch rechtzeitig ein Ende und öffnet Mme Lucrèce die Augen: Es ist aufs Haar das gleiche Sujet. – Auch die Nebenfiguren sind dieselben. Wie Frau Seuffzerin und Frau Zanckenheimin in der *Pietisterey*, so stellen sich hier Mme Dorimène und Mme Bélise zu theologischem Disput ein (man streitet sich um die Gnade, die »grâce«, einen jansenistischen Schlüsselbegriff); Cathrine, die Magd der Frau Glaubeleicht, gewitzt und durchtrieben, hat ihr Pendant in Finette, der Zofe von Mme Lucrèce. Jungfer Dorchen, die ältere Tochter im Hause Glaubeleicht, entspricht Dorise, der Schwester Angéliques. Wie dort eine pietistische, so gibt es hier eine jansenistische Almosensammlerin, es gibt einen Notar und selbst einen jansenistischen Bücherkolporteur mit einer ansehnlichen Titelliste. – Entsprechend findet sich der Dialog sehr häufig wortwörtlich übersetzt bei der Gottschedin wieder, und auch der dem Stück vorangesetzte fingierte Briefwechsel zwischen Herausgeber und Autor ist im französischen Original bereits ähnlich vorhanden.

Die einzigen größeren Abweichungen bietet der IV. Akt. Hier treten bei Bougeant als Parteigänger der Jansenisten zwei Advokaten auf, die die Gottschedin in ihrer Bearbeitung gestrichen hat. Und für die Frau Ehrlichin figuriert in der französischen Vorlage eine Baronin de Harpignac, sich heftig beschwerend, dass ihr Advokat über seinem theologischen Eifer ihre Prozesse verliere. Die Ehrlichin ist denn auch, wie man zu Recht bemerkt hat, in der *Pietisterey* als Gestalt die einzige originelle Erfindung der Gottschedin, in ihrem – Platt mit hochdeutschen Elementen mischenden – Idiom von köstlicher praller Realistik, eine Figur, der in der Sächsischen Komödie nichts Gleichartiges an die Seite zu stellen ist. (Die deutschen Moralischen Wochenschriften freilich kennen bereits zuvor ähnliche, ein drastisches Plattdeutsch sprechende Figuren aus dem Volk.)

Dem Literarhistoriker bleibt im Übrigen nicht verborgen, dass Bougeant und mit ihm seine deutsche Bearbeiterin manches Motiv der Komödie Molières verdanken. Die Satire auf die *doctormäßigen* Frauen, die sich voller Ambition der theologischen Gelehrsamkeit annehmen, ist offensichtlich in Molières *Femmes Savantes* vorbereitet. Der falsche Fromme, der sich unter Ausnutzung menschlicher Leichtgläubigkeit betrügerisch materielle Vorteile verschaffen will, hat im *Tartuffe* sein klassisches Vorbild. Dadurch, dass die Gottschedin in der Ehrlichin-Szene ihrem Scheinfromm auch noch schlimme fleischliche Begierden anlastet, rückt sie ihn übrigens noch näher an das Molièresche Vorbild heran.

Beide Stücke aber verspotten und entlarven nun nicht nur einzelne menschliche Laster, wie Leichtgläubigkeit und Heuchelei, sondern sie nehmen zugleich bestimmte religiöse Gruppenbildungen aufs Korn. Und hier, in der Tendenz, besteht freilich, analog der Versetzung des Schauplatzes von Frankreich nach Deutschland, ein gewichtiger Unterschied zwischen Vorlage und Bearbeitung. Bougeants *Femme Docteur* zielt, von jesuitischem Standpunkt aus, satirisch auf den Jansenismus in Frankreich, das Stück der Gottschedin nimmt den deutschen Pietismus aufs Korn. Wie die Bearbeiterin bei enger Bindung an Charaktere, Handlung, Motive und Situationen der fremden Vorlage ihr Stück doch zu einer wirkungsvollen Satire auf die heimische Frömmigkeitsbewegung hat umformen können, das muss uns interessieren und zugleich fragen lassen, welchen Standpunkt, analog zur Position des Jesuiten Bougeant, die Gottschedin hier eigentlich einnimmt.

Zunächst gilt es zu bedenken, dass zwischen dem katholischen Jansenismus und dem auf protestantischem Boden erwachsenen Pietismus objektiv mancherlei Berührungspunkte bestanden. Der Jansenismus ist eine auf den niederländischen Bischof Cornelius Jansen (1585–1638) zurückgehende, in Frankreich und den Niederlanden sich ausbreitende Bewegung, die mit der Erneuerung der strengen Gnadenlehre des Augustinus in Gegensatz zur offiziellen Haltung der römischen Kirche geriet (so wie der Pietismus in Deutschland mit der etablierten nachreformatorischen Orthodoxie in Konflikte kam) und die insbesondere den eine weitgehende Willensfreiheit des Menschen verteidigenden Jesuiten anstößig war. Mit der entschiedenen Verwerfung des liberum arbitrium rückte der Jansenismus in die Nähe protestantischer, auch im Pietismus lebendiger Überzeugungen. Wie den Pietismus zeichnet den Jansenismus ferner ein Abrücken von aller Scholastik, eine Tendenz zur Verinnerlichung des Glaubenslebens aus. Hier wie dort wird das Christentum vorrangig eine Sache der einzelnen Seele, des Herzens, die Erlangung des Heils eine existentielle Notwendigkeit, der gegenüber der Institution der Kirche mit ihren Lehren, Ordnungen und Gebräuchen nur eine geringe Bedeutung zukommt. Beiden Bewegungen eignet die auch den englischen Puritanismus prägende Vorstellung von der tiefen Unwürdigkeit und Verderbtheit des sündigen Menschen; nur mit großem Ernste und in strenger Entäußerung von der Welt könne man sich auf den – unverdienten – Empfang der Gnade vorbereiten. – Auch der Jansenismus wirkte, wie der Pietismus, durch Verbreitung von Erbauungsschriften; er fand Eingang in Klöstern wie unter Laien. Hier wie dort auch führten die religiösen Auseinandersetzungen zu Spannungen, die mitunter die weltliche Obrigkeit zum Einschreiten nötigten und in Frankreich harte Jansenistenverfolgungen zeitigten. – Die Parallelen liegen also auf der Hand.

Auf der Hand aber liegt ebenfalls, dass – um zuerst von diesem zu sprechen – Bougeants Standpunkt höchst parteilich genannt werden muss. Gottsched heißt – es wurde oben zitiert – die *Femme Docteur* wohl nicht zu Unrecht ein »leichtfertiges Schauspiel«. Was Bougeant vom Jansenismus vorführt, ist ein böses Zerrbild. Von den tiefgreifenden geistigen, religiösen, literarischen und sozialen Impulsen, die Frankreich z. B. Port Royal (dem 1710 von Ludwig XIV. als Zentrum des Jansenismus zerstörten Kloster) verdankt, lässt die Komödie nichts ahnen. Dass so große Namen wie Pascal und Racine mit dem Jansenismus untrennbar verbunden sind (Pascal namentlich hatte in glänzend geführter Polemik – in den *Lettres écrites à un provincial* – die Jesuiten angegriffen, seine *Pensées* sind ein Zeugnis jansenistischen Geistes), all das kann einem harmlosen Publikum bei Bougeant nicht in den Sinn kommen. Jansenisten sind bei ihm bösartige Heuchler oder aber verwirrte Dummköpfe beiderlei Geschlechts, die sich in theologische Dinge mischen, die sie nichts angehen.

Nicht viel anders nun bei der Gottschedin! Auch sie liefert, bei aller Parteilichkeit, die man dem Satiriker zugestehen darf, ein etwas »leichtfertiges« Stück. Die von ihr gezeichneten Pietisten sind entweder Heuchler, Bösewichter bzw. Opportunisten oder aber unvernünftige, leichtgläubige, wenn nicht gar, wie Herr von Muckersdorff, leicht schwachsinnige Gemüter. Ihre »sprechenden« Namen sind vielsagend genug: Magister Hängekopf, Herr Weinfaß, Frau Plappergern, Frau Zanckenheimin, Frau Seuffzerin, Magister Trincklieb, Magister Klapperstorch, Magister Ungestüm, Jungfer Langfingerin, Magister Judas, Frau Hadersdorffin, Magister Saalbader, Frau Kalbskopfin usf. Es sind im besten Falle, wie es in V,8 heißt, »gute ehrliche« (S. 129), aber verführte Leute. – Die tiefe, echte Frömmigkeit, die im Pietismus ihren Ausdruck findet, die lebendigen Impulse, die das im 17. Jahrhundert dogmatisch und institutionell verknöcherte protestantische Christentum durch pietistisches Kirchenlied, pietistische Erbauungsschrift und pietistisches Bibelstudium empfing, aber auch die Bewahrung christlicher Substanz durch den Pietismus gegenüber der »aufgeklärten« Religion der Neologen und Deisten im 18. Jahrhundert und die vielfältigen sozialreformerischen und pädagogischen Leistungen dieser Bewegung – all das kommt nicht in den Blick. – Muss man dafür die Abhängigkeit der Verfasserin von ihrer Vorlage verantwortlich machen? Sowenig wie Bougeant verfolgt die Gottschedin nur die falsche Frömmigkeit einzelner Personen (wie das bald darauf etwa Gellert in seiner *Betschwester* tut), sondern wie der Jesuit den Jansenismus, so verwirft sie in Bausch und Bogen offenbar die ganze Richtung der Spener und Francke, Arnold, Tersteegen und Zinzendorf; die zahlreichen erwähnten Namen und Schriften sprechen eine deutliche Sprache. Herr Wackermann darf von einer »gottlosen Secte« sprechen (S. 125). Was veranlasst die Gottschedin, dem Pietismus derart zuzusetzen?

Eine erste Antwort geben die oben zitierte Briefstelle und Gottscheds Bericht über die Umstände der Entstehung des Stücks. Ganz offenbar hat die Familie der Verfasserin in Danzig schlechte Erfahrungen mit Pietisten gemacht. Danzig galt später als eine Bastion der Pietistengegner, doch wir wissen, dass die Bewegung zu Anfang des 18. Jahrhunderts hier erheblichen Einfluss besaß. 1750 z. B. waren in Danzig auf pietistisches Drängen hin alle Theateraufführungen und das Tanzen verboten. Später waren Mandate gegen den Kleiderluxus ergangen; wer nicht mindestens zweimal monatlich zum Abendmahl erschien, hatte Strafe zu gewärtigen. – Zur Zeit der Entstehung des Stücks war gerade an seinem Schauplatz, in Königsberg, der Heimatstadt Gottscheds, der Einfluss der Pietisten auf das öffentliche Leben bedrückend; der Senior der »Deutschen Gesellschaft« in Königsberg, Flottwell, beklagte sich brieflich darüber bei Gottsched. – Wo Pietisten, wie vor allem in Preußen, »die Hand mit am Ruder hatten« (um Gottscheds Formulierung zu gebrauchen), bewiesen sie in frommem Eifer oft wenig Toleranz; die Verweisung Christian Wolffs aus Halle (1723) auf pietistisches Betreiben hin ist eklatantes Beispiel dafür.

Aber auch über die Reaktion auf solche Pressionen hinaus ist unter den Vertretern der deutschen Aufklärung fast durchgehend eine Frontstellung gegen den Pietismus zu beobachten. Diese Frontstellung hat ihr Motiv in tiefer weltanschaulicher Gegensätzlichkeit (wiewohl die beiden Bewegungen in einigen Punkten, etwa in der Abneigung gegen galantes und höfisch-»politisches« Wesen, in sozialen Aktivitäten und – im Effekt – in der Entwicklung zur Individualisierung des menschlichen Denkens und Fühlens, auch verwandt erscheinen). Zwar ist die frühe deutsche Aufklärung keineswegs religionsfeindlich oder gar atheistisch; auch die Gottschedin verstand sich als eine gute Christin. Aber man verlangt eine »vernünftige« Gottesverehrung. »Vernunft und Religion« erscheinen der Aufklärung aufeinander angewiesen: Die Religion und ihre kirchlichen Amtsträger erziehen, so meint man, den Menschen wie die »Weltweisheit«, wenn auch mit anderen Mitteln, zum nämlichen hohen Ziel, zur Tugend. Daher ist der »Freigeist«, der Gottesleugner, für die frühe deutsche Aufklärung eine ebenso verwerfliche Erscheinung wie ein unvernünftiger religiöser Schwärmer. Der vernünftige Christ nun sondert sich nicht ab, er verfällt nicht der »Enthusiasterey«, wird nicht zum eigensinnigen Sektierer. Er verachtet nicht die dem Menschen von Gott geschenkte natürliche Vernunft und vergisst über seiner Andacht nicht die nützlichen Geschäfte. Und er flieht nicht die mannigfachen Gaben dieser Welt, sondern erfreut sich ihrer dankbar als der Geschenke einer weisen Vorsehung, die es auf die Glückseligkeit aller Menschen abgesehen hat. Finstere Weltflucht, Kopfhängerei, Muckerei sind unvernünftig, und ebenso ist es unvernünftig und der Heuchelei verdächtig, den Menschen als ein Geschöpf Gottes herabzuwürdigen und ständig von seiner tiefen Verderbtheit zu sprechen. Eine religiöse Gruppe wie die Pietisten mit dem Anspruch auf besondere Frömmigkeit und deutlicher Distanzierung von der allgemeinen Kirche, weltfeindlich bis zum Meiden aller diesseitigen Vergnügungen, aller natürlichen Fröhlichkeit, und voller Vorbehalte gegen die natürliche Vernunft, gilt daher, ganz abgesehen von der Heuchelei und Falschheit Einzelner, als ein Schaden für das gemeine Wesen. Die Verbindungen zur Mystik, die im Pietismus hier und da zutage treten, sind der Aufklärung besonders befremdlich und scheinen ihr eine böse Wiederkehr dunkeln Aberglaubens zu sein. – Die Moralischen Wochenschriften als Organe der Aufklärung – Gottsched hatte in den zwanziger Jahren die *Vernünftigen Tadlerinnen* und den *Biedermann* beigesteuert – haben von solcher Position aus gegen die Pietisten polemisiert. Der erste große Roman der Aufklärung, Johann Michael von Loens *Der redliche Mann am Hofe* (1740), wendet sich wiederholt im gleichen Sinne gegen Pietisten. Und Nicolais *Leben und Meynungen des Magisters Sebaldus Nothanker* (1773), wo freilich auch die Orthodoxen heftig angegriffen werden, ist nicht der letzte Roman, der den Pietisten bissig zusetzt.

Die Gottschedin verfuhr also durchaus im Sinne der Aufklärung, wenn sie ihrerseits gegen Pietisten satirisch zu Felde zog, und sie dürfte bei der ausgesprochenen Theaterfeindschaft der von ihr Angegriffenen zweifellos des besonderen Beifalls ihres um die Rehabilitierung der deutschen Bühne bemühten Gatten sicher gewesen sein.

Dass die Gottschedin mit ihrem Stück freilich nun fast wie eine Parteigängerin der lutherischen Orthodoxie erscheint, muss auffallen. Als der von den Pietisten bekämpfte und verleumdete Widerpart figurieren bei ihr fast allein die etablierte Kirche und die Wittenberger oder Rostocker Orthodoxen – nicht die Aufklärung und ihre Repräsentanten. Bei den Namen Fecht und Wernsdorff fällt die Glaubeleichtin in Ohnmacht, nicht etwa bei den Namen Leibniz, Thomasius oder Christian Wolff. Auch die Vorrede des fingierten Herausgebers beruft sich nicht auf die Autorität der Vernunft, sondern nur auf die »grössten GOttes-Gelehrten, [...] gantze Theologische Facultäten« und den »theure[n] Lutherus« (S. 10) – und eben deswegen konnte man einen orthodoxen lutherischen Pastor in Hamburg als Verfasser der Komödie in Verdacht haben.

Es liegt nahe, hierin eine bewusste Taktik der Verschleierung durch die Gottschedin zu sehen. Auch das Faktum, dass Rostock, ein Zentrum der lutherischen Orthodoxie, als Verlagsort fingiert wurde, könnte diese Vermutung stützen. Doch dürfte mindestens ebenso sehr der Analogiezwang im Verhältnis zur Vorlage eine Rolle spielen, wo die offizielle katholische Kirche mit ihren Lehren und ihren ordentlichen Geistlichen die Gegenposition abgab. (Dieser Analogiezwang ist übrigens auch deutlich zu spüren, wenn die dem Pietismus gegenübergestellte lutherische Position zuweilen katholisch gefärbt erscheint. Für den Jesuiten, gewohnt, dass Glaubensdinge und alle theologischen Fragen der Kirche und ihren ordinierten Dienern überlassen bleiben und der Laie sich darum nicht zu kümmern habe, ist es in der Tat unerhört, dass unter dem Einfluss des Jansenismus Advokaten, Mediziner, Ökonomen (I,2) und Frauen sich mit Glaubensfragen beschäftigen, für den lutherischen Christen indessen, mit seinem Gewissen letztlich allein vor Gott, ist das keineswegs unerhört, sondern fast selbstverständlich. Dass der lutherische »Laie« sich um das Wesen der Gnade, der Buße und der Rechtfertigung Gedanken mache, ist nicht, wie es bei der Gottschedin unter dem Einfluss der Vorlage den Anschein gewinnt, grundsätzlich abwegig und etwa unstatthafte Einmischung in »der GOttes-Gelehrten ihr Werck« S. 102.)

Das ideologische Konzept der Aufklärung, das mit der strengen protestantischen Orthodoxie kaum mehr gemeinsam hat als mit dem Pietismus, tritt jedenfalls in der *Pietisterey* nicht offen positiv zutage.

Gewiss, es gibt in der *Pietisterey* verständige, redliche Leute, namentlich den Herrn Wackermann und die Frau Ehrlichin, die man als vorbildliche Personen für die Sache der Aufklärung reklamieren könnte. Aber der Obrist Wackermann vertritt doch mehr nur den gesunden Menschenverstand, und die Ehrlichin ist für das Publikum bei aller biederen Rechtschaffenheit in ihrem enragierten Schimpfen doch eher eine komische Figur aus dem Volke, für den Bürger nicht ganz ernst zu nehmen. Die neuen Werte einer an der Weltweisheit, der Philosophie, orientierten Lebensanschauung, die korrespondierenden Leitbegriffe von »Vernunft«, »Tugend« und »Glückseligkeit«, die in Gottscheds Wochenschriften und in seinen *Ersten Gründen der gesammten Weltweisheit* (1734) figurieren, werden dem Pietistenwesen kaum gegenübergestellt. (Lediglich beim letzten Titel in der Liste des Bücherkrämers Jacob (IV,6) sind »Philosophie und Vernunfft« (S. 100) einmal Gegenstand pietistischer Polemik.) Die aufklärerische Position kommt somit nur indirekt, gewissermaßen zwischen den Zeilen, der Satire immanent, zum Ausdruck. Ja in einem Falle, und wiederum ist die enge Bindung an die Vorlage dafür verantwortlich zu machen, widerspricht eine im Stück vertretene Auffassung klar den Tendenzen der Aufklärung und insbesondere auch Gottscheds: Die Erziehung des ›Frauenzimmers‹ durch nützliche Lektüre, seine Bildung im Umgang mit den Wissenschaften, namentlich den »schönen« Wissenschaften, ist eines der ersten Anliegen der Aufklärer; Gottsched selbst hatte die junge Adelgunde brieflich zum Studium lehrreicher Bücher angeleitet; er hatte 1725/26 in den *Vernünftigen Tadlerinnen* eifrig dagegen polemisiert, dass man die Frau nur zum Hauswesen und zur Kinderstube bestimmen und ihr die Fähigkeit zu den Wissenschaften absprechen wolle. In der *Pietisterey* dagegen scheint es vernünftigerweise Beruf der Frauen lediglich zu sein, »ihre Haushaltung zu bestellen; ihre Kinder zu erziehen; ihre Bediente zu regieren« und sonst nicht »über Dinge zu vernünfteln« (S. 26), die man nicht versteht. Herr Wackermann formuliert es noch deutlicher, was die Frauen »wissen sollen«: »Nehen, stricken, sticken, und viele andere Sachen, die ihrem Geschlechte zukommen« (S. 34f.). Von Frauenbildung, gar von weiblichem Umgang mit der Gelehrsamkeit, ist nicht die Rede. Die *Femme Docteur* ist ein Schreckbild, und gerade eine Femme Docteur, eine *doctormäßige Frau*, ist die Gottschedin – freilich in anderem Verstande – selbst gewesen, die lebendige Erfüllung einer Lieblingsvorstellung vieler Aufklärer. (Erst die Empfindsamkeit rückt wieder entschieden vom Ideal des gelehrten ›Frauenzimmers‹ ab.)

In den satirischen Partien des Stückes dagegen trifft sich vorgeblich orthodoxe Pietistenkritik weitgehend mit aufklärerischer Gesinnung. Heuchelei, Dummheit, Leichtgläubigkeit werden dem Gelächter preisgegeben. Die Kritik scheint uns übrigens überall dort ein besonders Gottsched'sches Gepräge zu tragen, wo sie sich bei der abstrusen Sprache, den dunklen mystisch-spekulativen Begriffen, die man den Pietisten in den Mund legt, mit Behagen aufhält. Es ist prinzipiell die gleiche Kritik, die dem barocken Phöbus und Galimathias, der Gespreiztheit, Schwülstigkeit und Spitzfindigkeit der Lohenstein und Hofmannswaldau aus der *Critischen Dichtkunst* und den *Critischen Beyträgen* entgegenschlägt, – die gleiche Kritik auch, die später dem neuen Phöbus und Galimathias, den Klopstock'schen Sprachkühnheiten und Dunkelheiten, den Prozess zu machen sucht. (Bezeichnend, dass das Huldigungsgedicht des Herrn von Muckersdorff auf Luischen die von Gottsched verworfene barocke Formspielerei eines Akrostichons aufweist! Bereits 1727 hieß es in der Ordnung für Gottscheds Leipziger »Deutsche Gesellschaft«: »Chronosticha, Acrosticha, Anagrammata, Sechstinnen, Quodlibete, Ringel-Reime, Bilder-Reime, mit Wortspielen angefüllete Sinngedichte sollen gänzlich verbannet seyn.«

Herr von Muckersdorff ist mit seinem Akrostichon zur Genüge charakterisiert: Künstlerische Unnatur erscheint dem Geist des Pietisten gemäß; hier wie dort mangelt es an Vernunft.)

Es ist endlich wohl auch kein Zufall, dass die Gottschedin die Gelegenheit der (in der Vorlage vorgebildeten) Bücherkrämerszene offenbar mit Lust ergriff und bis zur Ermüdung auf dem Vortrag der absonderlichen Titel mystisch-pietistischer Schriften insistierte. Hier – es handelt sich, wie unsere Anmerkungen nachzuweisen suchen, durchweg nicht um fingierte, sondern um tatsächlich erschienene Titel –, hier könnte man geradezu von einem satirischen Gegenstück zu den gern von den Moralischen Wochenschriften, u. a. den *Vernünftigen Tadlerinnen*, zusammengestellten »Frauenzimmerbibliotheken« sprechen, Listen von Büchern, die dem bildungsbeflissenen, vernünftigen weiblichen Leser zur Anschaffung empfohlen wurden. – Gottsched hat nicht ganz zu Unrecht in seinen oben zitierten Erläuterungen die *Pietisterey* neben Cervantes' *Don Quixote* und Corneilles *Berger extravagant* gestellt. So wie dort die Ritterbücher und Schäferromane Gegenstand der Satire waren, so in der genannten Szene eine weitere für den Aufklärer abgeschmackte Literaturgattung, die Gattung der pietistischen Erbauungsschriften.

Der deutschen Sprache und Literatur hat das Lebenswerk der Gottscheds gegolten. Die Möglichkeit, hier, auf ihrem ureigensten Gebiete, durch die Bühne satirisch-lehrhaft wirksam werden zu können, mag nicht zuletzt ein Motiv für die Gottschedin gewesen sein, das »*leichtfertige*[]« Jesuitenstück zur bitterbösen Satire auf den deutschen Pietismus umzumünzen. Für viele Zeitgenossen ist diese Satire ein Stein des Anstoßes gewesen; ob das Stück freilich tatsächlich jemals aufgeführt worden ist, erscheint zweifelhaft. – Für uns aber ist das Lustspiel, abgesehen von seinem gesellschaftskritischen Aussagewert, die erste Talentprobe der jungen Leipzigerin, die selbst eine *doctormäßige Frau* war, im Umgang mit den satirischen Mitteln des komischen Theaters. Die Komödie der Aufklärung in Deutschland nimmt hier ihren Anfang.

Inhalt

Die Pietisterey im Fischbein-Rocke 5

Zu dieser Ausgabe 129
Anmerkungen 131
Literaturhinweise 141
Zeittafel 147
Nachwort 149